COLLECTION FOLIO

Patrick Drevet

La micheline

Gallimard

Cet ouvrage a été publié pour la première fois aux Éditions Hatier en 1990.

Patrick Drevet est né en 1948 à Saint-Étienne. Il passe ses plus jeunes années dans la cité médiévale de Saint-Bonnet-le-Château, puis sa famille part s'installer dans le Jura où son père travaille dans une exploitation forestière. À partir de 1960, il vit à Lyon où il fait toutes ses études avant de devenir professeur de lettres classiques. Depuis 1987, il est conseiller littéraire à Paris.

Parallèlement à sa carrière d'enseignant et de lecteur, il écrit : *Pour Geneviève* (1978), *Les gardiens des pierres* (1980), *Le Gour des Abeilles* (1985), *L'amour nomade* (1991), *La micheline* (1990)...

Il fait nuit encore quand maman me réveille. J'ai l'impression de ne m'être endormi qu'à l'instant. La veille, dans l'attente de ce moment, l'impatience et l'anxiété m'ont longtemps tenu écarté du sommeil bien sûr, mais, émergeant alors de l'inconscience, je me demande où je suis, je ne sais pas quel jour nous sommes, seule une ivresse dans l'air m'assure du bonheur. Je sens la caresse de maman sur ma joue, je perçois dans son murmure le sourire qui suggère qu'elle anticipe le spectacle de ma joie, je l'entends qui me souffle qu'il est l'heure, que nous partons ce matin pour Saint-Bonnet, que nous devons bientôt nous rendre à la gare et prendre la micheline.

Qu'arrive à échéance ce à quoi je me préparais depuis des jours et des semaines me stupéfie. J'avais pris l'habitude de n'y penser qu'au futur. J'ai rattrapé le temps sans m'en apercevoir. Il me semble que mon rapport au monde s'est inversé : ce sont les choses, maintenant, qui m'attendent, qui me commandent de me presser, qui fustigent ma lenteur. Le silence de la maison, la nuit dans ma chambre que seul atténue le rayon que l'éclairage du couloir déverse par l'ouverture de la porte, maman n'ayant pas allumé ma lampe pour m'éviter d'être ébloui, ont une densité d'expectative.

Je me lève. Mon corps me suit mal. L'engourdissement me donne une démarche pataude. Je me cogne çà et là. Entre la nervosité que l'enthousiasme me communique et le saisissement brutal de la fraîcheur, je ne saurais dire à quoi je dois de ne pouvoir maîtriser mes tremblements, je grelotte, je claque des dents. Maman m'aide à me débarbouiller. Elle m'enfile mon maillot de corps aussitôt que j'ai ôté ma veste de pyjama, elle me passe vite ma chemise, mon pull. Elle me fait monter sur une chaise afin d'accélérer mon habillage et d'en parfaire l'ajustement. Ce sont des vêtements neufs que j'étrenne en ces circonstances. Le contact de leur étoffe rêche m'engonce, mais ils me transforment assez pour que je me sente investi d'importance, ou pour donner à l'événement auquel on m'apprête une dimension solennelle.

Je ne pense plus qu'à ce voyage. Anxiété et bonheur se conjuguent pour me nouer la gorge. Je peine à avaler mes tartines, il m'est impossible de finir mon café au lait. Mon attention se diffracte à tout instant sur le climat de l'aube, sur l'immobilité de la ville curieusement insensible. J'ai le sentiment de la trahir. Je m'étonne qu'il soit possible de la prendre ainsi au dépourvu. Il semble que les minutes sont suspendues à chaque battement de mon cœur, mon émotion est le spectacle de l'espace entier, la nuit se fige autour de moi dans une apparence stupéfaite. Être éveillé alors que les autres dorment me hisse hors de la condition commune. J'éprouve cette exultation que je connais quand je me vois l'objet d'une préférence, désigné dans mon individualité, élu pour ce que n'ont pas les autres. Je pense à mes camarades ignorés par la grâce qui ce matin me choisit, me distingue, m'accorde la faveur d'échapper à ces limites du quotidien auxquelles ils demeureront cantonnés, et j'imagine même ce que mon absence au milieu d'eux pourra leur inspirer d'envies rentrées et de rêves.

Papa s'est levé pour nous accompagner. Sa physionomie hagarde, ses bâillements sonores, la négligence ostensible de son attitude jurent avec le recueillement que la fébrilité donne à nos préparatifs. Je le soupçonne de vouloir briser la gangue dans laquelle la tension du départ nous isole déjà de lui. Il traîne. Il ironise sur notre empressement. Il oriente maman sur des sujets de conversation sans rapport avec notre voyage, il cherche à en détourner son esprit, sa volonté, son désir. Je préférerais qu'il ne nous accompagne pas. Nous ne ressentirions pas ce vague remords. Nous serions déjà partis.

Je me rappelle le poids de peine dont la présence boudeuse de mon père ralentissait notre progression jusqu'à la gare. Dans l'égoïsme de l'enfance et l'idée fixe de partir, j'avais peur que la lenteur de son pas ne nous fît manquer le train. Je comprends aujourd'hui ce qu'il exprimait, avec la maladresse que cause la pudeur, d'un désarroi lui-même enfantin, irrationnel, face à la perspective de solitude et de désœuvrement que lui ouvrait notre absence. Je me rappelle la fraîcheur vivifiante de la nuit, le déluge de ténèbres déversé dans l'entonnoir des montagnes sur la ville effacée, tapie derrière les remparts intermittents de ses façades que de place en place signalait l'éclairage falot des réverbères. Il fallait un temps d'accommodation pour percevoir les masses opaques des immeubles ou des frondaisons dépassant des murs et dont le ciel obscur se distinguait par la brillance latente de sa substance immatérielle, infinie, scintillant du clignement matois des étoiles.

Je ne reconnaissais pas dans la luminosité glauque et dans leur vacuité les rues que je fréquentais tous les jours. La nuit opérait une radioscopie de la ville, la réduisait à des ruines spectrales, en révélait une dimension occulte, insoupçonnable à la lumière. Elle prenait une allure fantomatique qui accentuait la disparition de toute trace humaine. Une sorte d'omniprésence avait pris place, inidentifiable mais dont on avait l'impression de ressentir à tout instant le frôlement, qui s'accumulait dans les coins sombres, et au filtre de quoi le halo jaune des lampes sur les crépis, sur les pierres des embrasures et des trottoirs, sur le goudron de la chaussée, devait sa luminescence huileuse. Elle s'incarnait plus manifestement dans les souffles qui faisaient cliqueter les feuilles et, sous le silence même, dans un sifflement diffus qui obsédait l'attention comme une plainte. Le clapotis cristallin du lavoir devant lequel nous passions, le chuchotis plus lointain de la rivière sur les barrages noyés, le grésillement de l'électricité dans les transformateurs avaient l'acuité de voix perdurant de façon machinale et pour rien.

Le climat qui émanait de tout cela incitait à la retenue. Mon père et ma mère ne parlaient qu'à mi-voix. L'écho de leur murmure se confondait avec les bruits de nos pas. Le balancement de la valise que mon père se chargeait de porter tirait de la poignée de lancinants crissements. Une ombre furtive glissait soudain au ras de l'asphalte, alertait notre regard sans nous laisser le temps d'en percevoir la forme. Parvenus à la hauteur des ténèbres auxquelles elle s'était fondue, nous distinguions les deux foyers iridescents, fixes, farouches, des yeux d'un chat qui s'évanouissait aussitôt à notre approche.

Le trajet de chez nous à la gare, je m'aperçois qu'il contenait déjà le mouvement d'ascension et de délivrance que constituerait pour ma mère et pour moi l'ensemble du parcours que nous allions faire en train depuis Saint-Claude, ville encastrée au fond des gorges de la Bienne et dans le quartier le plus bas de laquelle nous habitions, jusqu'à Saint-Bonnet-le-Château perchée au contraire sur un promontoire, à la lumière et au vent, dans les monts du Forez.

Venue de cette contrée âpre, sauvage mais dégagée, présentant à l'image du granit de son sous-sol et des pierres de ses maisons un aspect raboteux, mais festonnée de forêts de pins aux troncs roses, tapissée de prairies aux épaulements bouclés de buissons de genêts, maman avait dû suivre mon père dans les combes sombres du Jura, accepter de vivre tout au fond d'une vallée encaissée et humide, prisonnière d'un appartement dont les fenêtres n'ouvraient que sur des flancs abrupts et si rapprochés qu'il fallait lever la tête pour entrevoir, lointaine, l'étroite bande du ciel. Elle n'avait pu s'y habituer. Elle n'aspirait qu'aux hauteurs. En dépit des amitiés qu'elle avait nouées, une angoisse permanente l'étreignait, altérait ses traits, lui donnait une physionomie pathétique.

Elle m'entretenait souvent de son pays. Je notais le feu de ses yeux. Alors pour moi n'existait plus que cette irradiation en elle, et je rêvais des lieux évoqués qui en étaient la cause. Encore que j'y eusse moi-même vécu mes premières années, celles qu'on dit déterminantes, j'avais été exilé de Saint-Bonnet sans y être resté assez de temps pour m'en imprégner. Je ne pourrais jamais reconnaître ce pays tout à fait pour le mien, ses habitants ne me reconnaîtraient pas pour leur, mais je ne pouvais pas davantage m'approprier Saint-Claude où, si j'étais plus connu que dans la cité dont j'étais issu, je ne pouvais me sentir profondément ancré. Je ne me le formulais pas à l'époque mais déjà s'affermissait en moi la sensation de n'être de nulle part, de ne pas tenir aux lieux dont j'avais usage, de n'y être que toléré, locataire, et en conséquence d'exister moins que les autres, dénué du droit et de la faculté même de m'arrêter, de m'établir, d'appartenir, passe-muraille évanescent et insaisissable. Je me raccrochais à ce que le pays de ma mère représentait à ses yeux pour éprouver à l'égard de Saint-Bonnet une attraction un peu provoquée sans doute mais non moins magnétique, comme si une intuition indéfinie me convainquait que là-bas seulement, si j'y étais resté, j'aurais pu m'incarner et m'accomplir.

Plus nous avançons, plus mon empressement grandit. Nous traversons la vallée sur le pont de pierre d'où mon père ne résiste pas à se pencher et contraint maman à le faire aussi pour deviner le ruban noir de la Bienne qui serpente au creux du ravin. Il tente de lui montrer, en savant pêcheur, les tirets noirs des truites sur les portions du lit éclairées par les halos des réverbères qui ponctuent la rue qui le longe. Je doute qu'il parvienne à distinguer quoi que ce soit de si haut et dans ces ténèbres, je le soupçonne de chercher à ce que nous manquions la micheline dont je crois entendre le roulement retentir alors qu'il s'agit de l'écho de quelque turbine ou du vagissement des eaux rejetées par les vannes. Maman non plus n'a pas l'esprit à appliquer son attention au fond du gouffre mais papa insiste, il la retient d'un bras passé autour de son cou et de l'autre lui désigne un croissant jaune de rivière, les pierres sur lesquelles il lui faut porter les yeux pour repérer le mince fuseau immobile d'une truite déjà à l'affût. Elle acquiesce par principe, pour en finir. Ils se redressent, ils reprennent la marche, l'indolence de leur allure me désespère.

Un carillon égrène des tintements aigrelets. La ville est encore évanouie mais le ciel n'est plus tout à fait aussi noir et les monts commencent à s'y découper. Nous abordons l'avenue de la gare. Mon regard se fixe de loin sur le bâtiment qui transparaît dans l'encre de la nuit par sa blancheur presque phosphorescente. Des bribes d'animation palpitent sporadiquement sur l'esplanade, produites par les déplacements agrandis et papillotants d'ombres furtives qui s'escamotent aussitôt que la silhouette dont elles émanaient entre dans la bâtisse. Un chuintement continu, qui croît au fur et à mesure que nous nous approchons, et dont je ne parviens pas à situer l'origine, me semble le bruit même de l'aspiration qui me happe.

Puis nous sommes dans l'atrium clair, sonore, parcouru de violents courants d'air. Des voyageurs emmitouflés dans leurs habits et des remugles de sommeil sont déjà en attente, à la périphérie de la salle. Des affiches colorées scandent les surfaces ripolinées des murs. Elles représentent des villes, des paysages que le cadrage irréalise. Les voix de mon père et de ma mère au guichet résonnent d'une façon qui me paraît indiscrète. Je les presse de se rendre sur le quai où l'impatience me pousse. Ils m'assurent que nous sommes en avance, ils prétendent qu'il ne sert à rien de s'exposer au froid. Mes plaintes réitérées ont raison de leur résistance. Nous allons attendre sous la marquise, devant les voies. Leur luisance m'obnubile. Je ne parviens pas à relier l'image de leur minceur à l'idée que, dans un instant, elles supporteront le poids d'un monstre de ferraille rouge et jaune et qu'en lui je glisserai sur elles, abandonné au trajet de leurs courbes et de leurs lignes fuyantes.

Car au cours de ces voyages que nous faisions une ou deux fois par an, aux périodes des vacances, je ne saurais déterminer ce qui l'emportait dans mon bonheur, de mon aspiration fébrile à retrouver Saint-Bonnet et le climat qui plus ou moins confusément lui était associé ou de mon engouement pour les trains. Au plus loin que je remonte dans ma mémoire, je me vois en effet fasciné par ce moyen de transport, en l'occurrence on ne peut mieux nommé. Une appétence profonde de reptation ou de glissade se trouve en moi comblée par le mouvement lisse, sûr, ondoyant, que trace un train dans un paysage. À le suivre des yeux j'éprouve un indicible contentement, comme s'il incarnait un mode de déplacement idéal pour mon âme. Le contraste entre les entailles déchiquetées de la nature, les rencontres chaotiques de ses formes, les ruptures de ses lignes qui font son pittoresque ou sa grandeur, et l'équanimité de la voie qui nie un à un les obstacles, qui les franchit avec une virtuosité vertigineuse, qui file sa trajectoire horizontale avec la certitude tranquille et la gaillardise données par une indéfectible conviction, m'a toujours à la fois charmé comme un miracle et aussi mystérieusement envoûté que le peut faire le timbre d'une voix ou le motif poursuivi par un instrument au milieu des arabesques de l'orchestration.

M'a toujours fasciné le spectacle des roues de fer découvertes à l'avant d'un train comme par une jupe haut relevée et qui, élégantes, inflexibles, semblent plus avaler les rails qu'être guidées par eux, portant à elles seules, à la façon des jambes d'un roi lors de cérémonies, toute la cape et la lourde traîne des wagons qui suivent. Il entre dans l'aspect et l'allure des trains une majesté de procession ou de cortège qui m'inspire maintenant encore de la vénération. Le long fil de couleur qu'ils déplacent sur les solitudes vertes des champs ou entre les anfractuosités récalcitrantes des rochers conforte ce plaisir que je prends à les voir s'insinuer, se ployer, se redresser avec la grâce de figures de danse, funambules sur leur trajectoire précise, paraphes glissant sur du velours, traînes de comètes, chevelures de Lorelei, alexandrins échappés de poèmes, métaphores, périodes, pensées isolées de discours et poursuivant seules leur carrière à travers le temps et l'espace. Enfant, je ne pouvais me dire ni sentir cela, il se pourrait que je déforme en la traduisant de la sorte une fascination qui avait d'autres causes. Il reste que j'aimais passionnément les trains, étais avide de leur spectacle.

En raison de ses dimensions plus domestiques,

de la luminosité de ses deux couleurs un peu triviales, de la physionomie pimpante, joufflue, que lui donnait au-dessus de ses tampons la disposition en V de la peinture rouge d'où les phares écartés saillaient comme des yeux de têtard, en raison aussi de l'insolite verrue que, sur ce type d'autorail, produisait le cockpit du conducteur perché sur le toit, voire en raison de ce que m'inspirait la consonance de son nom qui, pour lui avoir été abusivement attribué par similitude avec l'engin sur pneumatiques construit par la firme Michelin, ne suggérait pas moins dans ses syllabes le caractère poétique d'un cheminement débonnaire, la nature familière et musarde d'une chenille, sans doute avais-je une prédilection pour la micheline que, à quelque moment de la journée qu'elle passât, je courais contempler à la fenêtre de l'une ou l'autre de nos chambres, alors qu'elle filait à mi-pente sur le versant de la vallée, entre les maisonnettes et les jardins, les boqueteaux et les barrières.

Aussi bien, chaque fois qu'il m'était donné de la prendre, avais-je l'impression d'accéder à un objet rêvé. Je n'approchais certes pas une divinité mais quelque jouet magique qui m'octroyait le droit d'appartenir à cet autre monde, hors du réel, dont ne cessait de me donner idée la vue des trains et de leurs voyageurs passifs, installés dans les alvéoles des fenêtres, avec leurs visages lunaires, leur chair d'une autre substance, leurs yeux emplis de paysages que je n'avais pas vus et jouissant sur celui qui m'entourait, je le devinais, d'une vision que je ne pouvais avoir.

Dans la nuit, l'entrée du tunnel par où doit surgir la micheline inscrit un demi-cercle d'un noir plus mat, cerné par un collier de pierres qui réfléchit tout ce que l'obscurité peut contenir de luminosité diffuse. En arrière de nous, sur le quai, les battements de la porte de la salle d'attente, qui grince et claque en émettant des vibrations de vitre, introduisent dans l'atmosphère jusque-là assoupie une amorce d'activité, témoignent d'une imminence. Les voyageurs s'égrènent le long du quai. Quelques-uns échangent des paroles sonores, brèves mais qui suffisent à créer un climat d'allant. Papa et maman conversent à voix si basse que je les entends à peine, mais je reste sensible aux tapotements des talons aiguilles de maman que l'impatience porte à se dandiner d'un pied sur l'autre. Tout est prêt, et l'attente creuse un vide au-dessus des voies, l'air semble s'y raréfier, cédant la place à un long couloir d'absence qui s'étire jusqu'à l'entrée du tunnel et lave la nuit de ses particules charbonneuses pour en faire surgir le faisceau en courbe des voies étincelantes, posées sur les ténèbres comme des arceaux d'argent.

C'est dans le plus grand silence qu'à leurs confins, dans l'antre fuligineux, apparaissent les phares blancs de la micheline, isolés, cernés d'un halo tremblotant qui les apparente à des feux follets. Longtemps ils paraissent demeurer sur place ou n'avancer qu'au ralenti, alors même que la forme fuselée de l'autorail sorti du tunnel se devine et que commencent à retentir son vrombissement mêlé de stridence, les claquements de ses roues sur les interstices des rails, ses vibrations sourdes qui se propagent jusque sous nos pieds. Ce n'est que parvenu dans le halo de l'éclairage du quai qu'on le voit s'approcher, grossir, passer à une vitesse qui surprend et frustre de la vision de son museau. Entouré du tonnerre de ses moteurs et de son ferraillement il a été aussitôt devant nous, à une proximité qui fixe les yeux sur les bossellements de ses tôles parcourues de reflets vibrants, donnant une impression de puissance renversante, aveugle, roulant si vite encore qu'il semble qu'il ne doive pas s'arrêter, ce qu'il fait néanmoins au milieu de crissements suraigus.

Papa se mêle de choisir notre wagon. Nous nous hissons sur les hauts marchepieds, pénétrons dans un caisson où l'éclairage réverbéré par les parois de formica de prime abord aveugle. Je reconnais l'odeur de tabac refroidi qui sera toujours pour moi le parfum même du voyage. Le peu de places occupées fait l'effet d'une totale mise à disposition du compartiment pour nous, comme s'il nous avait été réservé, nous laissait le loisir de prendre intégralement possession de son espace. Je m'installe près d'une fenêtre dans le sens de la marche. Je me cale sur la banquette de moleskine un peu dure, elle me paraît offrir le comble du confort. J'ai tout de suite remarqué le cendrier dont je ne tarderai pas à faire claquer le couvercle, accessoire fétiche en lequel à mes yeux se condensent toutes les sensations de mes trajets ferroviaires, au point qu'à partir de lui il me semble que je pourrais les retrouver et les redéployer un à un. Pour le moment j'attends, je laisse à mon esprit le temps d'assimiler la réalité, je me livre aux impressions qui m'investissent, qui ne me sont pas nouvelles mais que je n'en finis pas de retrouver, de reconnaître.

Même maman est émue. Ayant hissé les valises dans les filets, elle est maintenant sagement assise à côté de moi, elle assure par de minimes remuements sa position sur la banquette, elle n'ose pas davantage, portée à la discrétion, voire à la timidité, en ce lieu où il semble qu'elle peine à se croire admise. Deux heurts contre la vitre orientent nos regards sur le visage de mon père qui nous adresse d'ultimes paroles. Le son de sa voix ne nous parvenant pas, il se borne à articuler avec ses lèvres, très lentement, il grimace d'une façon comique. Je doute que maman le comprenne mais elle hoche la tête, elle lui sourit, elle lui fait de petits signes de la main.

Des bruits de portières, les rugissements stridents du moteur qui s'élèvent par paliers, précèdent de peu les secousses qui amorcent le départ. La micheline glisse de façon insensible. À l'arrière du visage de mon père qui nous suit, les portes de la gare se déplacent, leur défilement s'accélère peu à peu. Sur un dernier geste de la main mon père s'écarte, ce n'est pas nous qui bougeons, c'est la terre qui part à la renverse sous les roues de l'autorail, faisant basculer les bancs, les affiches, les chariots, les lampes, le bâtiment de la gare enfin s'escamote à son tour. Dans le trou noir qui lui succède, les lumières de la ville en contrebas vacillent comme des lucioles sur un lac. Dans le ciel indigo, le disque argenté de la lune reste curieusement immobile sur le mol déplacement des crêtes noires. Je ne distingue rien d'autre. La réflexion de l'éclairage du wagon transforme la vitre en miroir, elle me renvoie l'image d'un garçon captivé, la nuque appuyée contre le dossier de moleskine, les yeux grands ouverts, le visage un peu pâle, les mains croisées entre les genoux, et en arrière de lui une femme jeune qui le regarde, sourire aux lèvres.

Le voyage commence dans cette hébétude, dans l'écoute hallucinée des bruits, des rots des roues sur les aiguillages qui nous ballottent, des grincements des boggies, des cisaillements qui jaillissent des frictions du fer contre le fer, des grondements du moteur qui reprennent après une phase au ralenti et nous reviennent répercutés par les rochers que maintenant la micheline effleure, du trot qu'elle adopte, régulier, avec des variations plus ou moins sensibles selon les courbes et les dévers, qui suggère la vitesse et enivre.

La nouveauté, les stimuli de ce roulis berceur, le retour à un état de dépendance dont je n'avais pas souvenir mais qui eût pu justifier ma fascination pour les trains que je ne prenais jamais, précisément, que pour revenir sur les lieux où j'avais connu cet état, tout cela fait que je ne garde rien en mémoire du début de nos trajets si ce n'est une sensation de béatitude et qu'en moi cette portion de parcours, à l'aller, s'est évanouie comme si j'avais somnolé, ce que je ne crois pas : je me trouvais seulement au comble du bonheur, pris tout entier par l'instant présent, rien ne venait me distraire de mon extase et lui donner ce cadre ou ce fond qui aujourd'hui me permettrait de me l'approprier.

En revanche, parce que alors c'était le soir bien sûr, que la lumière était suffisante pour en détailler les aspects, parce que la proximité de notre arrivée m'y raccrochait comme dans la tentative d'en retarder l'échéance, je me souviens avec précision de cette même portion au retour. La mélancolie, exacerbée par la fatigue, constituait sans doute un filtre idéal pour que ce qui défilait sous mes yeux s'imprimât en moi de façon indélébile.

Placé à l'avant en situation de conducteur, comme le permettait ce type d'autorail, je fixais le ruban sinueux de la voie unique qui fuyait au-devant des tampons en serpentant entre les prés pentus et les rochers. Par endroits, du fait de l'entaille du ballast sur l'à-pic, il semblait que la micheline allait se jeter dans le précipice et ne s'en détournait que parvenue à l'extrême bord. Ailleurs, elle traversait des forêts en leur cœur le plus dense, le plus sauvage, et la panique me prenait à l'idée d'un accident en ces recoins perdus. Les flancs de la vallée se resserraient, se dressaient à la verticale, plongeaient la voie dans de brusques pans d'ombre où tranchaient les frottis mauves des épilobes et des digitales. Le long de la rivière, les arbres dégageaient çà et là d'étroits rubans de prairie. Bientôt, il n'y avait plus suffisamment d'espace pour le ballast repoussé à la base des ravins qu'il avait même fallu entailler. Je devais m'approcher de la vitre et vriller le cou pour apercevoir les crêtes, seules encore touchées par les rayons du soleil.

La micheline s'arrêtait dans de lépreuses petites gares dont le nom, à demi effacé sur les panneaux de bois craquelés, se distinguait davantage sur les plaques émaillées, lettres blanches sur fond bleu nuit. C'étaient Jeurre, Vaux, Molinges, Chassal, Lavans. Des enfants de mon âge et des jeunes filles attendant, en pouffant, leurs frères ou leurs petits amis, restaient accoudés aux barrières. Des cris, des parlementations retenaient à l'arrêt, éternisaient ce retour comme en en prolongeant à plaisir la torture. Enfin, la micheline repartait, dépassait quelques maisons noyées dans les feuillages, l'ombre des falaises se resserrant éteignait à nouveau la vallée. Le vrombissement du moteur rebondissait d'un versant à l'autre avec des accents de rodomontade tandis que les souffles déjà crus passaient dans le wagon par les vitres abaissées.

À Molinges, la voie changeait de rive, traversait la Bienne sur un pont fait d'une seule travée de poutrages de fer puis s'accrochait au pan de la montagne dont elle épousait les replis. L'autorail s'engouffrait dans de brefs tunnels où son bruit emprisonné se répercutait sur la paroi et devenait assourdissant. À chaque fois la vallée reparaissait plus sombre, plus étroite, ses flancs uniformément recouverts de la laine noire des sapins, à chaque fois la rivière dominée davantage semblait plus profonde, plus opaque, liquoreuse, préparant de mystérieuses décoctions.

La micheline s'était peu à peu délestée de ses voyageurs. Il régnait dans le compartiment une atmosphère de laisser-aller, une sensation nauséeuse de fin de fête. Maman gardait la nuque appuyée contre la têtière de moleskine de la banquette. J'étais partagé entre le chagrin de la voir oppressée et l'émotion que me donnait la vue du paysage grandiose. La micheline desservait ces solitudes pour elle-même, affrontant, à chaque détour de la montagne qui mordait de plus en plus haut sur le bleu pur du soir, des accidents de plus en plus impressionnants, d'une beauté sidérante.

Je ne pourrais plus dissocier les falaises livides qui déchiraient la couverture forestière, et qu'on appelle des miroirs, de ce cri muet que je voyais se figer dans les traits et le regard de ma mère, je ne pourrais plus m'aventurer dans les gouffres et les creux sans me départir du sentiment d'approcher les portes de l'enfer, je ne pourrais plus détacher du spectacle de certains paysages encaissés, saturés de la présence lugubre de pitons abrupts, un certain goût de mort ou tout au moins de matière inerte, obtuse. C'était ce que je sentais sans me le formuler ni le comprendre alors qu'avec le temps et après l'expérience de la mort d'êtres chers, je conçois aujourd'hui ce que pouvait éprouver ma mère si proche encore de la disparition de la sienne, arrachée à elle non seulement par le temps mais par l'espace, éloignée de sa tombe et du pays où elle pouvait, par le souvenir, par la rencontre des personnes qui l'avaient connue, dans l'intimité surtout de sa sœur, ma marraine, avoir le sentiment de demeurer dans son aura.

Le caractère écrasant des paysages sur lesquels, telle une succession de rideaux tirés l'un après l'autre, chaque repli de la vallée une fois contourné dégageait la vue me soulevait d'un émerveillement terrorisé aussi irrépressible que celui qui m'était causé par les orgues de la cathédrale, lors des cérémonies auxquelles il m'arrivait d'assister, parcouru des frissons que provoquaient en moi le tonnerre des sons, leurs fulgurants accords, leurs tonalités inouïes, tantôt graves et râpeuses, tantôt aiguës, cuivrées. Le ferraillement de la micheline, les rythmes et les variations qui le modulaient selon la vitesse, la proximité de la roche, la densité du feuillage, les goulets qu'elle franchissait ou, que sais-je, la maçonnerie des remblais, des contreforts, des arcatures qui soutenaient la voie, n'étaient pas loin de me procurer le même envoûtement que le déchaînement d'une toccata en plein-jeu. Cette émotion manquait néanmoins du pouvoir d'effacer la tristesse dont maman me contaminait, de supplanter le souvenir des journées que je venais de passer dans l'affection de ma marraine, les images de Saint-Bonnet qui sur la fin du voyage me revenaient, ses ruelles moyenâgeuses que j'avais parcourues avec mon cousin, ses parfums de vieilles pierres et de feux de bois, les échos de l'accent si particulier de la Loire qui me semblaient témoigner dans les voix d'un autre mode d'être, à la fois cancanier et bienveillant, indiscret et miséricordieux, affable. Malgré la bonté peut-être plus entière de nos amis de Saint-Claude, je garderais la nostalgie des paroles et des regards qui m'avaient été adressés par les connaissances de ma mère à Saint-Bonnet, de l'attention comme avertie et par conséquent plus pénétrante qu'elles savaient porter sur moi, et plus précisément sur une partie de moi dont elles détenaient le secret.

C'est ce secret vers lequel j'étais tout entier tendu à l'aller. Par anticipation, je ressentais déjà le contentement que sa confirmation me procurerait, l'espèce de dignité, voire de consécration, qu'il me conférerait. Obturant les vitres, la nuit où la micheline fonçait m'épargnait les spectacles qui m'auraient diverti de la promesse dans l'accomplissement de laquelle je demeurais béat, immobilisé par le souci d'éviter toute bévue susceptible de la remettre en question, attentif à ne pas changer les si bonnes dispositions des dieux à mon égard.

Je ne pense alors à rien de précis. Je me borne à savourer la faveur dont je me sens l'objet de la part des circonstances, du jour, de la vie. Par intermittence, les visages des personnes chéries auprès desquelles nous nous rendons traversent ma conscience, je vois leurs yeux écarquillés, leurs mains d'abord jointes, leurs bras qui s'écartent ensuite et me serrent contre elles, leurs épanchements, leurs doigts sur leurs lèvres tandis qu'elles reprennent de la distance pour m'examiner, s'attendrir sur l'être que je deviens, se laisser dérouter, au-delà des ressemblances qu'elles repèrent et qui leur confirment notre parenté, par l'irréductible part d'inconnu que je porte. Ces images sont évanescentes, rien en elles ne les affirme, ne les distingue, elles se superposent, elles caractérisent seulement, un instant, la nature du climat qui m'attend, constituent tout au plus les prémices de l'accueil qui est d'ores et déjà une certitude. J'aime aussi à me demander ce que ces personnes font en ce moment même où nous nous dirigeons vers elles, à les supposer entamant la journée avec juste ce qu'il faut de distraction dans leurs habitudes pour leur rappeler notre venue. Mais je ne parviens pas vraiment à la conscience de mon bonheur trop grand, je me trouve dans un état comateux, le manque de sommeil aussi me joue des tours.

Je me familiarise avec le décor du wagon. J'en inventorie les éléments dont, au fil du voyage, l'immuabilité me deviendra fastidieuse mais qui, pour lors, participent du cadre dans lequel je n'ai pas épuisé le plaisir de m'enfoncer : les filets à bagages, l'enduit vert qui absorbe les reflets de l'éclairage jusqu'à mi-hauteur, la laque blanche qui les réfléchit au contraire, brillant le long de la pliure du plafond moulé sur l'arrondi de la toiture, les photographies de monuments et de sites célèbres rivées, dans un encadrement de nickel, à la paroi séparant le compartiment du sas d'entrée, l'inscription qui indique le nombre de places assises et d'autres plus cabalistiques, les vis qui arriment solidement la fenêtre et les prescriptions gravées sur plaques de cuivre, interdisant, en quatre langues, de se pencher au-dehors, le cendrier d'aluminium. L'ensemble présente un aspect de robustesse fruste, et même grossière, mais inébranlable.

La dureté du siège ne m'a pas encore ankylosé, je subis avec ravissement les secousses précipitées dont il ne cesse de me bercer à la cadence du galop des roues dont le grelot opiniâtre, courant d'un bout à l'autre du wagon, a le même effet entraînant qu'un rythme de percussions ou de hochets. Il demeure identique sur de longues sections puis, à la faveur d'un aiguillage ou d'on ne sait quelle irrégularité de la voie, il se désunit, le cède à des sortes de manifestations d'humeur ou de reprise de salive, et reprend, revigoré, comme si la micheline avait eu besoin de s'ébrouer pour poursuivre son allure.

Le ciel qui s'éclaircit répand de pâles lueurs sur les crêtes découpées tandis que l'obscurité se condense autour des réverbères ou des fenêtres de maisons isolées à différents niveaux sur les versants. Aux arrêts dans les petites gares résumées à un halo de lampe au-dessus d'une porte à croisillons, deux ou trois silhouettes déplacent des ombres gigantesques, les portières s'ouvrent, laissent s'engouffrer dans le compartiment le silence et la fraîcheur de la campagne avant que n'apparaissent les écoliers et les travailleurs que leur comportement blasé indique habitués au trajet. Les banquettes se remplissent, les conversations alimentent une rumeur étale où s'élèvent de temps à autre des cris ou des éclats de rire. Des écharpes de fumée bleuâtre se déploient entre les filets à bagages, les vitres se couvrent de buée. Lavancia, Dortan, Arbent sont des noms que j'ai devinés sur les plaques partiellement éclairées ou entendu lancer par les chefs de gare longeant les wagons, leur fanal ballant au bout de leur bras.

Le jour était presque levé quand la micheline abordait le plateau d'Oyonnax. Plus exactement, la voie ferrée quittant les étroits de la Bienne entrait dans une contrée dont les flancs évasés faisaient moins obstacle à la lumière, nous nous apercevions que le soleil était près de poindre, la crête qui lui était orientée, rougie, brasillait déjà de ses rayons. Nous longions la plate étendue d'un aérodrome où flottait, avec de molles ondulations, au loin près des hangars, l'espèce de trompe ou de bas à la Bécassine, aux bandes rouges et blanches, servant à indiquer la direction du vent. Au-delà, la plaine se relevait jusqu'aux traînées noires des sapinières qui couvraient les monts, le paysage présentait des formes adoucies et une ouverture sans points communs avec les vallées encaissées, les couloirs resserrés, les falaises blafardes des environs de Saint-Claude, nous débouchions sur une autre terre.

Tels des prisonniers que l'enfermement a imprégnés de ses murs ou du moins de l'oppression de leur constante proximité, nous nous sentions trop légers, nous ne tenions plus au sol, c'était comme si soudain nous avions perdu pied. Une frontière était franchie, atteint un point de non-retour. Nous échappions à la mainmise de Saint-Claude, sortions des ondes encore influentes de ses gorges et de ses montagnes, avions dépassé la limite de sa juridiction, de son emprise. Nous entrions dans un canton dont la nature différente, sans annoncer, loin de là, les aspects et la tournure caractéristiques de Saint-Bonnet, nous assurait au moins que nous étions vraiment partis.

Avant même d'être devenue, sous l'essor du plastique, la ville rayonnante d'aujourd'hui, Oyonnax constituait l'avant-poste d'une région de prospérité à nos yeux plus ou moins mythique. Ses habitants juste entr'aperçus tout au long du voyage nous sembleraient dotés de savoirs et de privilèges qui nous laisseraient intimidés, au niveau de vie desquels il ne nous viendrait pas à l'idée de pouvoir prétendre.

L'arrêt un peu plus long donnait lieu à un renouvellement des passagers. Les ouvriers qui descendaient, porteurs du même petit sac de toile rejeté par-dessus l'épaule et tenu par un cordon qui garrottait l'ouverture, faisaient place à des groupes de jeunes tapageurs à destination des collèges et des lycées de Bourg. L'animation qu'ils créaient dans le compartiment ne devait pas manquer de m'intriguer ou de contribuer à me sortir de l'état second où j'étais plongé depuis Saint-Claude, mais ce n'est qu'une supposition. Il me semble que maman, dégagée elle aussi d'une sorte de torpeur et, sans pousser jusqu'à la désinvolture, moins effarouchée, estimait le moment venu de sortir la bouteille Thermos et le paquet de gâteaux emportés en en-cas : il ne fallait pas, selon elle, rester à jeun pour voyager.

La longue section que nous entamions après Oyonnax ne m'apparaît plus en tout cas que commençant dans des brumes féeriques. Aux alentours de Bellignat et de Martignat le paysage vallonné s'estompait dans une vapeur irisée qui immatérialisait les champs, les clôtures, les arbres, qui allégeait leur substance et leur conférait une nature gazeuse non loin d'atteindre la transparence. Le monde devenait pure image, nous traversions une province qui pour nous n'appartiendrait jamais en effet à la Terre, qui serait seulement ce film évanescent projeté sur les vitres comme sur autant d'écrans, qui resterait du domaine de l'imaginaire. L'absence de couleur enlevait toute consistance aux choses qui émergeaient telles de fragiles impressions au milieu de nuages. Tout juste une nuance de vert transparaissait-elle dans l'herbe recouverte de givre, et encore par touches éparses, insensible comme le pastel à peine teinté de l'enveloppe duveteuse des amandes. Çà et là aussi les méandres des ruisseaux lançaient un éclat pareil aux reflets bleutés de l'acier trempé, mais c'était tout ce qui pouvait rappeler l'énergie de l'existence terrestre. Parfois on devinait les silhouettes vagues, blanches sur la blancheur, de vaches la tête orientée vers le train : elles le regardaient comme distraites, dans leur vie sans pesanteur, par une idée qui les effleurait un instant. Elles semblaient s'inscrire dans nos yeux plus comme une réminiscence de créatures fabuleuses infusant dans nos fibres et dans nos cellules depuis la nuit des temps que comme les corps d'animaux contemporains et réels. Et parfois le brouillard était si dense qu'il donnait le sentiment que la micheline ne circulait plus sur les rails ou que ceux-ci n'allaient pas manquer, comme le sol, de se dérober sous ses roues.

Le paysage changeait à nouveau à partir de Montréal-la-Cluse où la ligne, se détournant du lac de Nantua, bifurquait et s'enfonçait dans un territoire de ravins arides et de coteaux dépeuplés. Entre eux les cheminots l'appelaient « Les Carpates », c'est tout dire. Le caractère rébarbatif et par endroits franchement sinistre de ce long labyrinthe de petites montagnes émoussées, couvertes d'une végétation crêpelée, serrées les unes contre les autres comme un entassement de blocs au rebut, ne m'apparaissait pas à l'aller. Scrutant les visages de nos voisins que pourtant je ne me rappelle pas, essayant de deviner au dessin de leurs rides, aux mobilités de leurs traits, aux éclats de leur regard tandis qu'ils avaient entrepris de converser avec ma mère, l'appréciation qu'ils portaient sur nous, ce qui curieusement me préoccupait plus que le contenu de leurs propos sur lesquels je ne parvenais pas à me fixer et qui, sans doute, n'avaient trait qu'à leur histoire, j'étais alors entré dans cette phase du parcours où, habité par les bruits et les secousses du train au point de ne plus les percevoir, installé dans son cheminement auquel je n'avais plus qu'à me confier, dispensé d'attendre l'arrivée que je savais encore lointaine, je disposais de toute mon attention pour observer les inconnus dont la micheline nous rendait solidaires et dont, entre leurs provenances et leurs destinations divergentes, elle assemblait provisoirement les trajets en un seul faisceau confondu avec le sien.

Si la sensation de la vitesse ne me communiquait plus une ivresse aussi vive, elle ne me maintenait pas moins dans un état de rêverie fascinée, et c'est le front appuyé contre la vitre qu'essentiellement je me revois, fixant la caillasse du ballast arrachée à son inertie et tendant sous mes yeux une bande de rayures oscillantes, étirées à l'extrême, pareilles aux stries de l'eau d'un torrent. Il semble par moments que la micheline déjà à pleine vitesse accélère encore. Les feuillages inclinés sur la voie ne sont qu'un mur de verdure horizontalement veiné de longues macules de lumière. C'est une exaltation étrange que je ressens, progressive, comme si je recevais plus d'air que mes poumons n'en peuvent contenir, et en même temps je voudrais que la micheline aille plus vite, se penche davantage dans les courbes, dépasse toujours les limites qu'elle n'en finit pas de repousser. L'intervalle entre les poteaux de bois goudronné qui balayent vivement de leur verticale noire l'étendue de la vitre se réduit jusqu'à les faire croire sur le point de se rattraper. Les portées distendues des fils téléphoniques se déforment en cadence sur le ciel blanchi, dans la partie supérieure de la fenêtre. Leurs faisceaux se distendent, se resserrent, se multiplient, ils montent, ils descendent, remontent aussitôt, rythment une valse dont la vision m'étourdit. Comme la force d'un tourbillon, elle favorise en moi le mouvement de repli qui me recroqueville de façon récurrente sur une jubilation intense et presque douloureuse. Chaque tour de roue creuse derrière nous une distance sur laquelle il est de moins en moins possible de revenir, c'est une certitude que je ne me lasse pas de savourer.

Je connais pleinement alors les délices de l'état de voyageur. La vitesse nous isole du pays que nous traversons mais nous fait accéder à un mode d'être en mystérieuse conformité avec une part légère en nous, immémoriale peut-être, celle qui aspire à une pure existence de rythme et de musique. Le regard trouve dans la mobilité en dégradé des paysages qui défilent des variétés tonales, une fluidité mélodique qui donnent comme un support à l'expression de ce qui en nous n'a pas de voix et n'en veut pas moins se dire, n'en désire pas moins chanter.

Sans doute la vision que l'on a en voyage n'est-elle pas sans s'assortir de mélancolie. Ce que l'on y saisit ne l'est que dans l'arrachement : toits sur les hauteurs, suggérant au milieu des frondaisons dont ils émergent à peine quelque ermitage où l'on conçoit soudain qu'il doit faire bon se recueillir ; passages à niveau où une silhouette nous alerte par l'identité renversante que son allure affirme avec un modèle que nous portons en secret et sur laquelle nous souffrons longtemps, autant que d'un déchirement, de n'avoir pu nous arrêter ; enfilades de rues où nous retenons avec un curieux goût de mort l'instantané d'un geste dont nous ne connaîtrons jamais la suite, aussi tragique que si le passant à nos yeux de la sorte éternellement figé avait été fauché par une balle.

Toute beauté, il est vrai, tient peut-être à cela. Je reconnais le même émoi dans ma réaction devant les scintillements suscités par les rayons sur les ondes autour d'une pierre que dans mon désir pour l'attache ronde d'une épaule ou la mobilité moelleuse de la chair sous le grain lisse d'une hanche. Ce désir est celui de retenir ce qui fuit, d'interrompre ce par quoi je dois cependant d'être fasciné et qui m'use, qui m'exaspère. Il ne saurait y avoir de beauté sans le mouvement qui m'en frustre et qui la défait. Mais la position que nous avons dans un train nous place aussi dans un retrait qui satisfait, tout comme la lecture, l'écriture ou la rêverie, notre aspiration à une vision détachée, globale, capable de faire ressortir dans le monde les mouvements que nous ne saurions percevoir quand nous y sommes plongés et qui pourtant l'ordonnent, révèlent en lui sinon un sens du moins une forme non capricieuse, se constituant, se déconstituant, se reconstituant en fonction de lois simples que l'on sent rigoureuses, éternelles. Retirés du vécu, nous assistons, au gré des pointes d'accélération qui soulèvent ou abaissent les lignes du paysage, en déploient les plans, les dissimulent, en dégagent d'autres, et ce indéfiniment, au jeu de forces dont nous ressentons la cohérence et dont les harmonies nous font battre le cœur. Nous devinons que les tensions antagonistes qui ondulent les champs, les monts, les rivières, les nuages, les corps, qui impriment en eux des mouvements de vagues, des rythmes frénétiques ou berceurs, nous animent tout semblablement, et ce sentiment suffit pour que nous en venions à vibrer à l'unisson des êtres et des choses, et cette communion valide notre existence. Jamais mieux qu'en cet accord où nous nous fondons nous ne connaissons le bonheur d'être.

Un tel état, je l'avais goûté à chaque instant au cours de notre séjour à Saint-Bonnet, par d'autres médiations que celle du voyage. J'étais encore sous l'influence de ses ondes bienfaisantes lorsque nous nous trouvions sur le chemin du retour et que la micheline filait, en sens inverse, au fond de ces mêmes goulets, et l'expérience n'était pas la même, l'image extraordinairement précise que je garde alors du paysage a la netteté blessante des souvenirs de séparation, de chagrin, de détresse.

Quand nous repassions par là, la journée était à son déclin. Je revois la luminosité orange qui enduisait uniformément de son miel la végétation et la pierre. Nous entamions le dernier tiers du parcours, nous en redoutions la durée toujours interminable. Depuis le matin ballottés dans les trains, les jambes et les reins engourdis par la position assise, les membres moites de la sueur occasionnée par la moleskine des sièges, abrutis par le tempo du claquement répétitif des roues et de tous les bruits lancinants qui l'accompagnaient, nous avions de quoi, il est vrai, éprouver de la lassitude. Mais de surcroît, le nombre des arrêts que nous nous savions amenés à subir avant de parvenir à destination — la micheline après Bourg devenant omnibus et desservant jusqu'à des haltes en rase campagne — établissait au-devant de nous comme autant de stations d'un chemin de croix, il faisait de Saint-Claude, aux lointains confins de cette éprouvante perspective, une sorte de bout du monde où nous avions l'impression d'être condamnés à la relégation, comme en expiation nous ne savions de quelle faute.

Surtout, la montagne que nous commencions à aborder avait déjà la physionomie distinctive des paysages du Jura que d'instinct nous éprouvions étrangère, rébarbative, hostile. Encore qu'elle ne présentât pas en ces simples contreforts les réfrigérants tranchants, les impressionnantes falaises, les imposantes masses des cirques de l'arrière-pays, elle en préfigurait tout de même, du moins à nos yeux vite réaccoutumés aux formes plus débonnaires des monts du Forez, les traits sévères, le teint sombre, l'expression hâve, froncée, broussailleuse, farouche. Sur le bleu soutenu du ciel et sous le filtre vermillon du rayonnement de fin d'après-midi, elle découpait sa masse sombre, musculeuse. Çà et là la tache minuscule d'une ferme sur les pentes, diluée dans l'épaisseur de l'air, saignant à peine sur les fonds, apportait jusqu'à nous un climat d'isolement et de rudesse qui nous prenait à la gorge comme si nous avions dû nous le tenir pour promis. Je ne sais quoi d'ingrat et de patibulaire émanait des prairies suspendues. Les ombres des nuages qui les balayaient avaient l'aspect de caresses funestes. Une réticence foncière me crispait à l'approche de ces pans assombris comme si j'avais dû en recevoir un maléfice.

Inexorablement la micheline nous acheminait au creux de ces vallons. Leurs flancs tantôt s'évasaient en entonnoir, tantôt se redressaient en ravins, se rapprochant jusqu'à former des étranglements où l'ombre entretenait une fraîcheur de cave, tantôt s'élargissaient, repoussaient les lignes de faîte sur leurs rebords, aménageaient de vastes landes marécageuses, au printemps blanchies de narcisses, et dont les étendues vacantes agrandissaient en nous des accrocs de néant. Si les brumes de Martignat avaient pu évoquer, à l'aller, le pays décoloré des âmes, ces premiers escarpements m'offraient, en cette fin du jour, sous les couleurs mordorées entamées par les longs doigts des ombres, et après l'accomplissement de notre séjour à Saint-Bonnet, l'harmonie du soir telle qu'on la ressent sur le versant de l'âge, dans la prémonition de la mort.

Le nom de Villereversure retentit encore en moi

comme le signal, aux tonalités funèbres de clairon, par quoi m'étaient signifiés à la fois, pareillement à Cérès, la fin de mon excursion dans le bonheur et le devoir de retourner autant dire sous la terre. Je revois comme si c'était hier la petite gare crépie d'ocre, les encadrements blancs des portes et des fenêtres, la teinte lie-de-vin des boiseries, la noirceur des frondaisons qui entouraient la bâtisse et s'élevaient par-dessus son toit, l'isolant de toute agglomération à même de la justifier, de sorte qu'elle semblait moins une gare qu'un poste de douane ou quelque guichet planté dans la solitude des terres par les caprices de l'Administration. Je revois les hautes palmes de ce qui devait être un cèdre, les cimes pointues des sapins oscillant sur le bleu reculé du ciel et sur lesquelles, alors que l'arrêt me paraissait s'éterniser, je fixais les yeux comme sur des sentinelles dont j'eusse attendu un signe de compassion ou de clémence. M'oppresse encore la pénombre dans laquelle était plongé l'intérieur du wagon tandis que dans la rangée des fenêtres latérales s'inscrivait la longue balafre sanguinolente que le soleil couchant traçait à l'horizon, entre le ciel soufré et les dentelures des forêts, comme une déchirure. Et ce cri aux sonorités étranges, émises dans un accent qui roulait les *r* et prolongeait en l'appuyant la voyelle finale, ce cri lancé tout au long de la rame : « Villereversure ! Villereversure ! »

se transformait, sous les interférences de son écho et dans la situation psychologique où je me trouvais, en une sorte de mugissement de sirène, aussi lugubre que les *requiescat* et les *miserere* distribués par un prêtre au-dessus d'un cercueil, dans l'air atone et le crissement des pas sur le sable d'une allée de cimetière. Il s'associait dans mes yeux à des tons mauves de pénitence et de deuil.

Villereversure, nom qui tenait sans doute de la rivière Le Suran sur les rives de laquelle la localité était née mais qui m'inspirait alors une idée de vrille et de serrure, présentait quelque chose, dans ses assonances et la fermeture progressive de ses voyelles, des constrictions d'une lanière s'enroulant pour sangler et tenir. Confirmant en tout cas notre retour cette fois indubitable, il annonçait les étroits que la micheline n'allait plus quitter, ainsi que les petites gares qui, telles Simandre, Cîze-Bolozon, Nurieux, à l'écart des villages qu'elles desservaient, semblaient en désaffection et ne subsister déjà plus que sous la forme de vestiges.

La voie unique s'insinuant entre les sombres vallonnements en quinconce, contournant de hauts flancs bombés et hostiles, s'aventurant au fond de ravins désertiques, à l'écart des routes, en l'absence de tout chemin, me rappelait peut-être des images de films américains insistant semblablement sur la précarité des chemins de fer à la merci des caprices de la nature comme de la malveillance des brigands, quand ce n'était pas de défectuosités propres, toujours possibles. Aux arrêts, je ne relevais plus que des symptômes de délitescence et de désolation. Entre les pierres déchaussées des bordures de quai, de maigres touffes d'herbe jaunâtre courbées par les souffles rasants ne laissaient pas d'aviser avec indifférence sur le sort inéluctable auquel étaient vouées les entreprises humaines. Tout indiquait que les manches inclinés des aiguillages, auxquels la masse ronde qui les lestait donnait une allure de métronome, se trouvaient dans une position devenue définitive, grippés par la rouille. On n'imaginait pas que des convois pussent être encore manœuvrés sur les voies de service envahies par les chardons et qui longeaient des plates-formes encombrées de détritus ou un hangar vacant, sur les planches goudronnées duquel s'effritaient les couches superposées de lambeaux d'affiches. Contre le talus creusé par l'aplanissement de l'aire ferroviaire, une théorie de ridelles plates et de tombereaux cacao à la roture stationnaient pour toujours sur une section de voie s'achevant en butée. Une pile de traverses torves, un stock de rails entreposé en fin de quai apportaient une touche pathétique à ces infrastructures devenues caduques avant même qu'on eût achevé leur aménagement. Il en émanait, en contraste avec la végétation luxuriante des versants rapprochés qui les dominaient, une impression de chantier abandonné, de gâchis.

Aussi, quand la micheline repartait dans la stridence de ses vrombissements s'élevant par rapides paliers, éprouvais-je moins du soulagement que je n'avais, bien sûr par empathie avec l'état d'âme de ma mère, l'intuition du ratage, pour ne pas dire du désastre, auquel est promise la vie humaine, et les cahots du wagon sur la dureté des rails, les longs crissements des roues qui par endroits cisaillaient nos oreilles et allaient jusqu'à agacer nos dents, ces bruits d'enclume et de tarière avaient tout lieu en effet de trahir que nous n'étions pas moins que transportés en enfer.

Je me souviens que déjà l'arrêt à Bourg-en-Bresse, sur le trajet du retour, marquait une sorte de retombée. Soustraits aux pensées qui nous avaient encore maintenus jusque-là dans le giron familial de Saint-Bonnet, lequel devenait trop éloigné désormais pour exercer sur nous son influence, nous nous éveillions à la réalité qui, dans les bâtiments de la gare dorée par le rayonnement du soleil proche de l'horizon, dans l'allongement des ombres sur les quais, dans l'absence de circulation sur les voies et d'animation sous les marquises, nous apparaissait morne, avec quelque chose du désœuvrement, de la résignation, ou simplement de l'ennui. Il y avait aussi, dans la tonalité du ciel, dans les résonances espacées mais prolongées où se mouraient les bruits, dans les visages, les silhouettes et même l'habillement campagnard des voyageurs qui stationnaient avec placidité près de leurs valises ou de leurs ballots, dans le grasseyement des mur-

mures qui commençaient à enfler autour de nous, autant d'éléments insignifiants par eux-mêmes mais qui, mêlés, façonnaient le caractère à nos sens étranger de cette gare. Déjà commençait à poindre l'appréhension que nous donnait l'approche des montagnes que, même invisibles, nous savions non éloignées, comme si les modifications que nous trouvions à l'atmosphère pouvaient être attribuables aux souffles en provenance de leurs vallées humides, de leurs falaises grises, de leurs plateaux déserts, de leurs combes, de leurs gouffres.

C'était, de la même gare, une tout autre vision que j'avais à l'aller. Il est vrai que nous l'atteignions alors en début de matinée. Bourg constituait une sorte de terminus. La plupart des voyageurs descendaient : les écoliers dont la micheline avait continué de se remplir depuis Oyonnax mais aussi les paysans venus vendre leurs produits sur le champ de foire, et je suivais, depuis le wagon, le cortège pittoresque qu'ils formaient, encombrés de cages d'osier où s'affolaient les poules et les poulets qu'ils y avaient entassés. Parmi les nouveaux passagers, on distinguait les militaires toujours en nombre et porteurs, qu'ils fussent ou non en uniforme, du même sac kaki, rond comme un polochon.

Les impératifs des correspondances, sans doute,

rendaient l'attente assez longue. Il me manquait maintenant d'éprouver le roulis de la micheline, les vibrations de ses tôles, les claquements de ses roues. Son immobilité résolue m'amenait à douter qu'elle reparte et à transmettre à maman, par mes questions auxquelles elle ne pouvait répondre ou le faisait d'un ton de moins en moins assuré, ma crainte que nous ne prenions du retard. Le front contre la vitre, je tâchais d'observer, à un bout ou à l'autre du quai, des mouvements éventuels à même de me confirmer un incident et de m'en suggérer la nature, car je supportais moins encore à cet âge le silence dans lequel il est de coutume qu'on laisse les voyageurs lors des anomalies sur un parcours, comme si le fait d'emprunter un moyen de transport en commun supposait un total abandon à ses dirigeants invisibles, siégeant, au bout des fils avec lesquels il semble possible de les joindre ou d'en recevoir des ordres, dans un mythique centre de décision d'où ils surveillent tout. La curiosité est d'autant plus vive pour tout ce qui touche à la circulation ferroviaire que celle-ci demeure énigmatique. Son lourd rituel impressionne. Le profane ne parvient jamais à en percer les arcanes. Il lit les inscriptions portées sur les signaux, il repère les feux suspendus aux portiques, à tout instant il se heurte aux éléments d'un code aussi intraduisible qu'un message chiffré. Les agents qu'on interroge emploient eux-mêmes un vocabulaire si particulier qu'on n'est jamais tout à fait sûr de les avoir compris. Il n'est pas jusqu'à la légendaire précision des horaires qui ne donne à ce monde un caractère sinon magique du moins étrange, voire intimidant, d'une rigueur à laquelle on craint toujours de ne pouvoir se conformer, dont la nature implacable exclut les accommodements.

Le chuchotis des conversations respectait l'acuité que l'ambiance d'expectative donnait au silence du compartiment où venait retentir, avec la même précision que sur les parois d'un puits, l'écho de lointains bruits de maillons, de brefs jets de vapeur, parfois d'éclats de voix passantes. Une même attente suspendait tout le monde au moindre signe susceptible d'annoncer le départ et l'on sentait que les premières manifestations de relâchement ne se produiraient qu'une fois l'autorail bien lancé. Pour le moment chacun, restant ou revenu, en raison de l'arrêt, sur son quant-à-soi, s'emmitouflait dans son enveloppe d'étrangeté, gardait son mystère. La présence des personnes nouvelles que nous avions en face de nous avait même quelque chose d'insupportable par la difficulté que nous avions à éviter leur regard autant qu'à retenir le nôtre de se poser sur elles, et maman, il me semble, ne retrouverait pas avec elles, au cours des propos échangés, la spontanéité à laquelle elle était parvenue avec les précédents voyageurs.

Il ne restait de recours pour occuper ses yeux, quand on ne disposait pas de tricot, de journal ou de magazine, qu'à les déplacer à nouveau sur le quai, sur les voies, sur les infrastructures, et encore n'était-il possible, dans l'encadrement des fenêtres, que d'en avoir une vision invariable et tronquée. Sur le faisceau plus éloigné des voies de garage demeuraient bien quelques rames, une ou deux locomotives à l'écart, une draisine à l'allure de train miniature, mais il n'y avait aucune chance de les voir s'animer et constituer l'attraction attendue. Aussi était-il vite fastidieux de revenir sur les mêmes éléments statiques, de rencontrer toujours, sur l'aridité du ballast, la même tache de couleur qu'y plaçait de façon obsédante l'emballage d'un sachet de frites vide ou le cadavre d'une canette de bière.

En contraste avec la vacuité du vaste espace ferroviaire d'où la vie semblait refluer, les rues à la périphérie, le pont qui enjambait les voies, les fenêtres des immeubles dont on n'apercevait que les sommets offraient l'expression affairée d'activités continues et parfaitement indifférentes à ce qui pouvait se passer dans la fosse que, tel un lac ou une rivière à sec au cœur du tissu urbain, s'était aménagée la gare. Il me venait l'envie de connaître ce qu'il y avait au-delà de l'enceinte et de participer à l'animation de la ville. On se sentait presque en faute, ou puni, à en demeurer exclu.

Bourg-en-Bresse n'était pourtant pas l'objet de ma curiosité. Cette cité ne m'était d'ailleurs pas inconnue puisque mon père nous y avait conduits à plusieurs reprises en voiture mais, de l'angle de vue sous lequel elle m'apparaissait alors, la ville se révélait de façon trop différente pour que je songe à la rapprocher du souvenir que j'en avais. Simplement, l'attente en se prolongeant desserrait le ressort qui m'avait jusque-là tendu. Je découvrais sans le savoir la flexibilité des liens qui nous attachent à l'objet de notre désir, ou pressentais, plutôt, que si le désir est toujours le même, toujours crispant, il pouvait se poser indifféremment sur des objets divers, s'en donner d'autres que celui sur lequel nous le croyions dirigé de façon exclusive. Le plaisir du départ s'était émoussé, celui de toucher au but était loin encore d'avoir pris le relais. Nous nous trouvions dans une phase de fluctuation qui nous rendait disponibles à tous les possibles.

Que devinais-je des dispositions de ma mère ? Troublé par mon incapacité soudaine à conserver de l'attrait pour notre voyage, j'étais porté à en attendre plus que du réconfort : une promesse, une assurance, une certitude que je n'éprouvais plus. Je revois son visage tourné vers le dehors, ses yeux animés des brefs éclats que sous leurs minimes déplacements y suscite la lumière, le sourire égal qui étire ses traits, lisse son front, et qui m'apaise moins qu'il ne m'intrigue. Elle a l'expression gracieuse que je lui vois lors de ses moments d'absence ou quand elle m'invite à me bien conduire, à rester discret. Que je l'interroge et insiste en raison de son mutisme, elle se penche vers moi, elle me murmure à l'oreille que je lui fais honte, elle m'engage à me tenir comme il faut. Ses yeux se posent sur le même fastidieux décor que les miens, je l'admire de n'en ressentir aucune lassitude, je voudrais savoir ce qu'elle voit pour m'en divertir autant qu'elle paraît le pouvoir. Je la soupçonne de relever des détails qui m'échappent ou du moins de disposer d'un savoir qui lui permet à partir d'eux de rêver. Elle n'a pas trente ans. Je ne me rends pas compte de sa jeunesse. Je ne sais rien de la timidité qu'on éprouve encore à cet âge vis-à-vis de la société adulte dont il ne semble pas qu'on ait franchi le seuil. C'est toujours une jeune femme sûre de soi que je revois, soucieuse de tenir son rang, attachée à garder ses distances.

Ayant dépassé l'âge qu'elle avait, je conçois cependant la vulnérabilité qui devait être la sienne. Chargée de souvenirs, modelée par les émotions, fouettée par le désir, éprouvée par les drames, possédant déjà une histoire, elle avait encore toute la vie devant elle et ne devait pas manquer d'aspirations indéfinies qui, en cette vacance où les voyages nous plongent, s'essayaient sans doute à prendre forme, lui inspiraient des projets, lui suggéraient des idées, la laissaient espérer, l'invitaient aux songes. Sans doute pensait-elle à mon père. Des séquences de son existence recluse dans le plus bas des quartiers de Saint-Claude, de notre vie coincée dans le profond resserrement des montagnes lui revenaient probablement aussi, telles les images récurrentes d'un cauchemar. Et puis elle était à nouveau une petite fille en réfléchissant à ses tantes auprès desquelles nous devions nous arrêter en chemin. Elle prévoyait l'accueil qu'elles allaient nous faire. Elle récapitulait peut-être ce qu'elle avait à leur dire, peut-être s'inquiétait-elle de ne pas les retrouver en bonne santé. Elle songeait sûrement à sa mère, elle remontait à une époque pour moi très reculée parce que non seulement j'y étais absent mais n'y étais pas même attendu, et que la jeune fille qu'elle était alors disposait de sa pensée et de son affection sans entrave. Elle revoyait des scènes, elle imaginait les prolongements différents qu'elles auraient pu avoir, il eût suffi d'un rien ou d'une petite seconde pour que, concordant, les circonstances enclenchent une autre histoire, il lui eût fallu un geste, un regard, un mot, et rien de ce qui était n'eût été, à commencer par moi, elle soupirait sur la ténuité des fils qui tissent une destinée, elle prenait conscience des ratés, des aléas, et de la force aveugle qui nous emporte, nous pousse, par capricieux entêtements ou décisions irrationnelles, à des choix sur lesquels nous ne pouvons plus revenir et qui donnent l'impression que ce que nous n'avons pas vécu n'était effectivement pas fait pour nous. Elle songeait à ses errances. Certains visages parmi les voyageurs lui en rappelaient d'autres. Peut-être était-ce parce que l'un d'eux présentait une ressemblance particulièrement frappante avec un jeune homme naguère aimé qu'elle détournait la tête, évitait de reporter les yeux à l'intérieur du compartiment, les fixait sur le dehors. Une contraction intermittente plissait le coin de ses paupières. Ou bien se sentait-elle troublée par les traits d'un nouveau venu et par le trouble identique dont témoignait chez lui l'insistance de son regard sur elle... C'est là aussi de ces aventures que présentent les voyages, et singulièrement les trajets en train. La passivité à laquelle ils nous réduisent laisse affleurer et fleurir toutes les suggestions de nos goûts, de nos désirs lâchés comme des chiens fous.

Il n'est guère imaginable que les militaires respectaient le silence que, dans l'instance du départ, les autres voyageurs faisaient régner dans le wagon. Je n'ai gardé d'aucun d'eux un souvenir précis. Remonte tout de même en moi à leur sujet l'impression d'un état d'alerte en lequel je n'ai pas de peine à reconnaître le mélange d'alarme et de curiosité qui n'irait qu'en se renforçant au fil des ans à l'égard de mes aînés mais qui, en ces prémices, se présentait seulement comme une intuition, tout au plus comme une admiration envieuse. Ils n'étaient à mes yeux que des silhouettes morcelées dont je distinguais à peine les ombres mouvantes dans l'intervalle entre les banquettes ; ils étaient surtout ces timbres de voix mi-graves mi-aiguës jaillissant brusquement en éclats hâbleurs, ou hachées par les saccades de gros rires, ou réduites aussi bien, sur de longues périodes, à un sourd et intrigant marmottement. Au plus profond c'était cela qui me touchait en eux : la connivence que leur donnait le partage de la même expérience, de la même irresponsabilité, de la même licence ; la passion qu'ils mettaient à échanger les récits d'aventures qui m'apparaissaient fabuleuses ; une liberté de gestes qui, les amenant à se donner des tapes, des coups de coude, à se presser épaule contre épaule, à se frapper les cuisses, à se passer le bras autour du cou, relevaient de privautés comme on ne peut en avoir que dans l'euphorie de la complicité ou de l'ivresse. Par leur conduite, par leurs voix, par leur statut qu'affichaient la coupe de leurs cheveux ras et leur tenue, ils tranchaient trop sur le reste des voyageurs pour ne pas m'inspirer l'idée d'un monde dont l'attraction tenait à l'image de vie superlative qu'il paraissait offrir, et aussi à la sélection qu'il imposait pour qu'on y eût accès, laquelle déterminait la similitude que, telle la marque d'une précellence ou le sceau d'une grâce particulière, j'étais enclin à trouver à ces jeunes gens-là.

Sur ce, la micheline avait fini par s'ébranler, l'agglomération de Bourg se déployait assez longtemps, largement étalée sur la plaine qui n'opposait aucune limite à son étendue. Il n'y avait plus d'arrêt jusqu'à Lyon. L'autorail filait en ligne droite sur le plateau de la Dombes. Les champs aplanis, ou mamelonnés à peine, éloignaient l'horizon dont le trait rectiligne s'estompait dans la gaze bleutée du ciel. Après les reptations de la voie dans les vallées, nous croyions décoller légèrement de la terre. L'apparition des étangs qui bientôt se démultipliaient et étiraient leur nappe jusqu'au bord des rails confortait l'impression d'un progressif enfoncement du sol, de son absorption, de sa dissolution. Entre le ciel et l'eau de la même couleur, l'air semblait prélevé à la surface des champs par l'avant de la micheline comme l'est un copeau au bois sous la lame du rabot. La vitesse annihilait un paysage qui n'était plus qu'espace. Les roues dont le ferraillement saccadé devenait assourdissant n'avaient plus à moudre que de la durée. Nous traversions un monde entre parenthèses, un pays en pointillé, une suture mal soudée entre deux contrées, une zone frontière, un no man's land. Le son pleuré de la sonnerie d'un passage à niveau qui s'amenuisait et disparaissait presque aussitôt enregistrait de temps à autre la monnaie des kilomètres avalés. Les agglomérations que la micheline grillait se contractaient autour de leur clocher et n'inscrivaient contre les vitres que le frottis grisâtre d'un battement d'ailes. Tout nous était soustrait si vite que nous ne distinguions plus les formes. La pensée n'avait le temps de se fixer sur quoi que ce soit, nous voguions dans l'absence, nous arpentions notre propre vacance, et la volupté qu'il n'y avait pas moins à flotter ainsi, à l'écart de toute tension, de toute appréhension, de tout désir, n'était pas sans s'apparenter, je suppose, à la griserie d'un long saut dans le vide.

Après un court arrêt à Sathonay-Rillieux, la micheline dévalait sur Lyon-Saint-Clair où le Rhône ouvrait un large panorama sur la ville, mer d'immeubles qui s'étalait au pied des collines en amphithéâtre, elles-mêmes surchargées de maisons qui dressaient sur le ciel leur découpe crénelée. Une fois le fleuve franchi, la vue se refermait, nous longions le moutonnement verdoyant du parc de la Tête-d'Or, nous avions droit à une nouvelle halte dans la gare généralement désertée des Brotteaux. Ensuite, la micheline pénétrait pleinement dans le tissu urbain, c'était une fascination pour moi que de voir des immeubles succéder à des immeubles non seulement sans interruption mais d'une façon toujours plus dense, les avenues et les rues qui coupaient dans cet agglomérat de béton conférant une profondeur infinie à la ville. La micheline traversait à nouveau le Rhône, son ralentissement sur les aiguillages laissait considérer à loisir la cité déployée de chaque côté des berges, et puis c'était Perrache, ses quais sur lesquels la haute verrière jetait une ombre brusque comme une averse, ses voies occupées de longs convois, ses bousculades au milieu des chariots, des sifflants jets de vapeur, des crissements de freins, des inintelligibles annonces dans les haut-parleurs, des volutes bleutées qui s'échappaient des machines et constituaient au-dessus des wagons un voile que la lumière irisait, produisant des nuances soufrées, des blancheurs, des rougeoiements.

Nous disposions d'une vingtaine de minutes pour changer de train. Ce délai était amplement suffisant mais la violence des bruits et de l'agitation que nous avions à affronter s'ajoutaient à la confusion des indications pour nous porter à un état d'affolement proche de la panique. Passer d'un quai à un autre en empruntant les passages souterrains représentait alors une épreuve que je m'explique d'autant moins que cela n'était guère plus compliqué qu'aujourd'hui, du moins à ce qu'il me semble. Le caractère de ma mère vite désorientée hors de son univers, perdue dès qu'il s'agissait de suivre des instructions précisément par crainte de les enfreindre, malhabile à transposer dans son système pragmatique et plutôt approximatif un code dont la rigueur l'inhibait, compliquait probablement l'opération.

La structure de Perrache n'offrait rien, il est vrai, pour qu'on s'y repérât avec aisance. La distinction pourtant peu subtile entre côté nord et côté sud, mais n'obéissant pas à l'orientation réelle de la gare tournée d'est en ouest, doublait les risques d'erreur et je nous revois courant à un bout, faisant demi-tour, reprenant le passage souterrain, allant dans un sens, dans un autre, suivant une direction qui nous conduisait dans un entrepôt à bagages ou qui, non reprise sur les panneaux, nous laissait en plan au milieu des quais, dans l'incapacité de déterminer de quel côté nous orienter. Maman devait se résigner à prendre des renseignements auprès de voyageurs aussi perdus que nous. Les indications échangées étaient contradictoires, on s'en prenait à la complexité de l'affichage, au peu d'aménité des agents. On était bien amené, toutefois, à recourir à leurs services et il s'en trouvait toujours un, en définitive, pour apaiser les craintes et donner la précision voulue.

J'aidais ma mère comme je pouvais à déchiffrer les destinations et les horaires inscrits sur les plaques de métal que des employés suspendaient à la hauteur des quais correspondants, je lui suggérais des possibilités, je l'engageais à des initiatives qu'elle rechignait à avoir. Je ne contribuais qu'à augmenter son tourment, elle finissait par me prier de me taire, elle prenait un air fâché. Je reconnais que mes interventions ne devaient pas se révéler très pertinentes. Je me fondais sur les désirs fulgurants qui me venaient pour des directions fantaisistes. Était-ce l'effet d'un rayon de soleil sur une volée d'escalier ? Avais-je entrevu un type de wagons tels que je souhaitais ceux de notre nouveau train ? Voulais-je suivre un personnage que je trouvais plaisant et en compagnie duquel j'aurais aimé que se poursuivît notre voyage ? Je me souviens des déchirements que l'impératif de trouver notre quai m'amenait à tout instant à connaître en m'obligeant à me détourner des personnes qui à tout instant aussi me captivaient et que j'aspirais sinon à approcher, à intéresser à moi, du moins à examiner plus à loisir.

Ce n'était pas la première fois que je faisais l'expérience de la foule mais, sur les quais et dans les passages souterrains de Perrache, lors de ces changements problématiques, et que ce fût en raison de la nature des lieux ou des circonstances, je la vivais de façon cruciale. Le cadre de la gare constituait une vitrine de corps et de visages incommensurablement plus variés que dans les rues et sur les places les plus fréquentées où je pourrais jamais me promener. Ici se croisaient des êtres de toutes origines, le trafic incessant en déversait toujours de nouveaux flots. Sur la réflexion brillante des carreaux de faïence qui tapissaient les longs corridors des passages souterrains chaque silhouette malgré la cohue se détachait avec une netteté qu'aucune autre lumière n'aurait pu lui donner. Chacune était d'emblée exhibée sous toutes ses coutures, dans le balancement particulier de sa démarche accusé par le poids des bagages qui l'entravaient ou par la hâte qui, la saisissant convulsivement, lui donnait l'expressivité la plus haute.

Tous les âges, tous les types, toutes les corpulences, toutes les couches sociales, l'humanité entière se trouvait là réunie. Le jeune homme côtoyait le vieillard, la dame en astrakan effleurait le vagabond dépenaillé, l'homme d'affaires suivait la paysanne, la religieuse gênait la course de l'étudiant sur le point de manquer son train. Aucun échange dans cette foule disparate qu'uniformisaient seulement le mouvement saccadé des pas, l'attention aux plaques indicatrices, une fébrilité anxieuse, mais il se décelait, à d'imperceptibles signes — une allure plus indolente, un éclat dans les yeux, un raidissement de la nuque —, des aventures sous-jacentes, des traques dont je n'avais pas idée mais que je devinais par une sensation vague et néanmoins alarmante qui distillait un climat d'affût et m'incitait moi-même à guetter. Je me sentais au seuil d'une rencontre. Nulle part ailleurs que là je n'étais plus ouvert au hasard comme si la multitude, en même temps qu'elle m'empêchait tout choix, avait contenu un être dont elle me révélait que j'étais depuis toujours en attente.

Alors que maman me tenait par la main dans la crainte que nous ne nous perdions, le vertige que me causait le perpétuel renouvellement de la foule se muait en une sorte de giration qui me portait à l'opposé des pas de ma mère, semblait une force issue en moi d'un violent désir de m'en arracher, me chargeait d'aspirations contraires. Je n'avais pas assez de mes yeux pour assouvir le désir de voir que m'inculquaient les formes entrevues dans les plis un bref instant moulants des habits, les torches des chevelures, les traits écarquillés des faces hilares, un geste qui isolait une main dans le vide, là, telle une fleur de cire, le timbre emportant d'une voix. Je découvrais avec terreur les visages ravagés des clochards avachis ou titubants dans les recoins d'où ils nous jetaient des regards vindicatifs que je ressentais comme de mauvais sorts. Une curiosité morbide ne m'en fixait pas moins sur les sillons prononcés de leurs rides, sur leurs doigts congestionnés, sur leurs escarres, sur leurs guenilles. Leur déréliction comme l'agressivité ordurière qu'ils pouvaient manifester me causaient moins de la frayeur qu'une émotion proche de la honte, cette honte absolue que certains cauchemars me faisaient connaître en me plaçant tout nu au milieu de la foule, et elle lui ajoutait la nausée ressentie pour tout ce qui est viscères, déjections, révélations de l'intimité la plus intime du corps.

Leur présence endémique imprégnait le climat de la gare d'une menace latente, elle amenait à relever les signes de dégradation et de déliquescence que comportait le bâti en dépit des nettoyages et des réfections successives. Plus saisissantes en étaient, sur ces fonds de suie et de poussière, les silhouettes déliées, agiles, serties dans la précision de leurs lignes aiguisées par l'émoi, des couples de jeunes amoureux rivés à l'on ne savait quoi au fond de leurs yeux. Il n'était pas rare que des cris surgis à un endroit ou l'autre fissent l'atmosphère se vitrifier soudain et les faisceaux des attentions jusqu'alors dispersés converger sur deux voyageurs se toisant et en venant à échanger des coups. L'activité de la gare en était suspendue mais l'attroupement vite formé autour des bagarreurs les dissimulait, et ce genre de spectacle ne me fascinait pas.

C'était bien davantage la figure à mes yeux stupéfiante, constituée par deux compagnons de voyage harassés ou contraints à l'attente et, assis n'importe où, s'offrant l'un à l'autre leur dos pour appui, qui me retenait, ou bien ces gestes qui se produisaient au moment juste où je passais comme s'ils avaient été des signes narquois, de mystérieux avertissements, des projections de ce que je devais vivre plus tard : la passation d'une cigarette, une main s'apprêtant à se poser sur une épaule qui s'esquivait, un regard qui se dérobait au regard qui voulait le retenir, une moue boudeuse qui était toute la réponse que faisait l'un aux questions insistantes de l'autre, ces stratégies implicites, ces allées et venues, ces pas de deux, ces aguets, ces quêtes. La vue de troupes de jeunes, rigolards et brailleurs, auxquels il arrivait de pousser des chansons dont l'espace retentissant ne renvoyait que des échos inintelligibles réveillait les vagues envies de partage et de licence que dans la micheline déjà la sensation de complicité qui avait émané du comportement des militaires avait soulevées en moi. Les défilés en rangs par deux des scouts ou des colonies plus désarticulées me montraient aussi une communion désirable mais à un degré moindre. C'est auprès de mes aînés que j'étais poussé à chercher. À ce qui les unissait et donnait à leurs postures sur les bancs ou à même le sol une grâce désinvolte que je ne savais pas encore sensuelle, je trouvais une plénitude, une sorte d'indifférence repue, à l'origine de quoi je pressentais un savoir que j'aurais voulu partager.

Au milieu d'eux, ou au hasard parmi les passants que nous ne cessions de croiser, une blondeur, un profil au contour d'une audace inouïe, un faciès présentant une alliance de traits spectaculaire et à la limite de la monstruosité, parfois une simple profondeur dans le regard, une couleur ou une forme des yeux que je n'aurais jamais crue possible, le contraste insolite d'un retroussis de lèvres avec la rectitude d'un nez me causaient un choc que je ne m'expliquais pas et dont je me trouvais affecté comme si ma sensibilité avait été prise en défaut. Le réel se révélait infiniment plus riche que ce que je pourrais jamais concevoir, je serais toujours dépassé par ses inventions, toujours pris au dépourvu par ce qu'il me présenterait. Certains m'alertaient de façon peut-être plus intime. Ils me retenaient en éveillant en moi un élan de douceur en même temps qu'un formidable respect, ils m'attiraient par ce que je sentais en eux de solitaire, de ténébreux, de farouche, ils se ressemblaient comme les figures multiples d'un même être toujours absent, référence invérifiable, modèle destiné à répondre à quel manque, à combler quelle aspiration, à me proposer quel devenir ?

Bien sûr je ne me formulais rien de tel, et l'aurais-je pu que je n'aurais guère été plus avancé que je ne le suis aujourd'hui. Je m'efforce de rendre compte de l'état de fascination dans lequel le contact avec la multitude versait un enfant grandi entre ciel et montagne, plus accoutumé au désert des prairies, des forêts, des rives des cours d'eau qu'aux foules restreintes des marchés et des fêtes d'une sous-préfecture. Les mots que je possède pour nommer ce qu'il vivait de façon brute approchent sans doute davantage mon émotion actuelle en semblable circonstance. Entre l'adulte que je suis et cet enfant que j'ai été, il n'existe aucun lien au niveau du langage, mais s'il en est encore un, il ne peut se trouver qu'en cette expérience : elle ne s'est pas émoussée au fil des années et me renvoie chaque fois à ce qui, en moi, est le plus originel, le plus pur.

Peut-être sériais-je moins entre les natures différentes des spectacles qui m'étaient offerts, sans doute ne distinguais-je pas entre les émotions qu'ils me procuraient, je ne savais pas trier, hiérarchiser, analyser, je ne le pouvais pas, je recevais tout en bloc avec la force traumatisante d'un coup de poing. Le décor des quais et des souterrains constituait un passage obligé, impersonnel et blafard, où l'humanité m'était révélée de façon exhaustive et en vrac, dans sa mobilité, dans ses angoisses, dans ses hontes, dans ses plaies, dans ses bonheurs, dans ses défaites, dans ses triomphes. Ce qu'elle dissimulait au fond de repaires secrets, ce dont elle tâchait de s'épargner la vue ou dont elle réservait le spectacle à de petits cercles privilégiés émergeait ici, même furtivement, à la façon dont une rivière en crue fait remonter en surface les branches et les objets qui infusaient dans son limon. Entre les visages évoqués plus haut m'apparaissaient aussi pour la première fois des faces défigurées par un accident ou par la maladie, des handicapés que l'on poussait dans des fauteuils roulants, parfois un prisonnier encadré de gendarmes auxquels il tenait par des menottes, d'autres fois une actrice ou quelque personnalité dont j'avais tout juste le temps de percevoir le profil ballotté au milieu des bulles noires dont les têtes de ses accompagnateurs l'entouraient comme de bouées.

Les halls de marbre des gares d'aujourd'hui n'ont rien perdu du pouvoir romanesque qui font de ces lieux livrés aux courants d'air des zones d'un magnétisme intense. Hors de l'enveloppe de leurs habitudes et de leurs règles, les individus y apparaissent dépouillés. L'essentiel de ce qu'ils sont transparaît sans masque sur leurs visages et dans leur attitude un peu crispée. C'est là aussi qu'il arrive qu'un mythe passe, traverse le réel, s'incarne jusqu'à risquer de se piéger dans des contours trop circonscrits et décevants. Je subis à chaque fois encore l'envoûtement des salles des pas perdus. Le vaste espace de leurs nefs dote chaque silhouette, si opaque et délimitée au sein des reflets qui la heurtent, d'une plastique de statue. Il s'exhale de tous ces corps oisifs je ne sais quelle émanation de convoitise qui charge l'atmosphère d'une excitation sourde, insidieuse. On touche au plus près de ce qui fonde l'être. On plonge au cœur de tous les romans.

Il n'y a rien d'étonnant à ce que, éprouvant une sensation globale à la vue de ces foules, j'en aie attribué aussi l'origine à l'architecture, aux infrastructures pourtant sinistres de Perrache, à la liturgie ferroviaire. Assister au plus près à sa célébration équivalait à participer aux pompes d'une cérémonie dans une cathédrale, et peut-être ma sensibilité n'était-elle pas sans vibrer des correspondances entre les colonnades, les voûtes, les ors, les vapeurs d'encens, l'espace sonore des églises et les dentelles de métal, les nervures, les rosaces, les arcatures de la haute verrière jetée d'un seul tenant au-dessus des quais comme le rabattement d'une aile dans sa possession de l'étendue. Je ne laissais pas non plus de considérer le faisceau des voies qui arrivaient à travers l'ouate de l'air, l'étincellement des rails chauffés à blanc, les portiques dans la brume postés de place en place à la façon de sentinelles bardées de cottes et de lances, les potences où s'animaient des bras en de cabalistiques signaux. Aux robes rouge et crème des michelines ici en nombre se mêlaient les livrées vert forestier des longs express et, à chacun de nos passages, des convois que je n'avais encore jamais vus : les premières rames argentées du Mistral, les traînes orange des premiers turbotrains, ou des voitures venues d'ailleurs, estampillées d'écussons et de sigles que je ne déchiffrais pas. J'observais, hébété, les physionomies diverses des motrices, le museau carré des fringants tracteurs diesel affectés aux manœuvres, l'avant camus d'autorails émeraude qui évoquaient de placides lézards, le joli minois des locomotives électriques auquel les enjoliveurs chromés qui cerclaient leurs phares et se prolongeaient sur leurs flancs donnaient un air maquillé de princesse égyptienne.

Quand ils entraient en gare, auréolés du souvenir des espaces franchis, les trains n'étaient d'abord qu'un point tout là-bas, estompé et hésitant sur le faisceau des voies, palpitant à travers les flammes translucides et tremblées de la réverbération, puis ils se dépliaient et, aussitôt qu'engagés entre les quais, ils étaient là, glissant puissamment sur leur erre, et ils passaient, irrésistibles, donnant l'impression de ne pas devoir s'arrêter, et leur souffle renversait presque, et leur tonnerre ne s'amenuisait que suivi des claquements des roues sur les interstices des rails. Il me semble que je cherchais sur les visages des voyageurs les traces des pays d'où ils arrivaient. Les noms inscrits sur les plaques des wagons ou énumérés par les haut-parleurs disséminaient leurs villes dans un au-delà immatériel, vaguement aérien, mythique. Leurs syllabes suggestives, encore qu'altérées par les grésillements ou les défauts de prononciation des annonceurs, engendraient cette poésie que je ne peux plus guère ressentir aujourd'hui qu'aux terminaux des aérogares dont les destinations plus lointaines ont conservé la charge d'exotisme qui fait rêver. Mais alors Montélimar, Orange, Avignon, Tarascon, Arles, Marseille, Carcassonne et Toulouse, Cannes et Monaco, Nice et Vintimille, Genève, Turin, Venise s'associaient en moi aux images que suggéraient leurs noms et qui, relevant de l'inconscient collectif et des pouvoirs de la littérature, s'allumaient sur l'écran de mon imagination comme autant de constellations, chacune avec sa lumière particulière.

Cela était vrai surtout à l'aller. Bien que la matinée fût déjà avancée, l'éclairage avait encore cette virginité et l'air cette fraîcheur qui disposent à l'euphorie. Cette heure-là voyait la gare de Perrache bourdonner d'un trafic intense qui, s'il provoquait la nervosité des agents de la SNCF et faisait proliférer les petits convois brinquebalants des chariots chargés de bagages au milieu des quais saturés, excitait, témoignait d'une ardeur communicative.

Au retour, il n'en allait pas de même. Bien sûr nous ne nous trouvions pas dans le même état d'esprit. Notre séjour à Saint-Bonnet emplissait notre mémoire d'images lumineuses, il en restait en nous une sensation engourdissante comme une courbature, nous nous déplacions enveloppés dans des bouffées de nostalgie qui émoussaient notre regard. Mais nous étions aussi en fin d'après-midi, et la lumière plus nette dépouillait les choses de leur aura, gommait de leurs contours les frémissements à même d'amplifier leur présence, elle les laissait isolées dans le strict volume de formes inertes. Le soleil étirait des rayons dorés jusque sous la verrière où ils glissaient le long des quais vacants, détaillaient la caillasse des ballasts couleur de chocolat sous les voies pour la plupart inoccupées.

Je revois les longues plates-formes dépeuplées et qui m'apparaissent alors infinies. Je me souviens du contraste entre la partie exposée à la lumière qui y fiche des voiles obliques, vibrants de tourbillons de poussière, et le reste plongé dans une pénombre bleutée, si dense que les quelques trains à l'arrêt s'y devinent à peine et seulement, dans le contre-jour, au liseré de brillance huileuse qui court le long de leurs wagons, à l'éclat des vitres où se réfléchit la portion de ciel blanchi découpé dans l'arrondi de la verrière. Notre micheline est à quai, côté sud, dans la zone sombre où elle ne se distingue que par son profil caractéristique, avec le cockpit du chauffeur en saillie d'un côté sur le toit. Nous ne nous pressons pas pour y monter. Nous sommes en avance. Nous disposons toujours de plus de temps pour effectuer le changement au retour et, en l'absence de cohue, nous n'avons eu aucun mal à nous repérer dans le dédale des passages souterrains. Maman calcule qu'à Bourg, la micheline repartant vers Saint-Claude dans le sens inverse de sa direction initiale, il serait préférable que nous nous installions à l'arrière : ainsi je jouirai de la vue sur la voie dans la partie la plus pittoresque du parcours. Je ne peux plus compter que sur ce plaisir.

Les vacances sont finies. Plus que les vacances, c'est un temps de faveur et de grâce particulière que nous avons le sentiment d'avoir épuisé. Encore quelques heures de sursis, puis ce sera le retour à notre situation d'exilés, à la succession des journées grises, à cette absence de proximité familiale hors de laquelle nous ne sentons plus rien qui nous sépare du néant.

Nous ne parlons pas. La tristesse dont je vois maman alanguie est à l'image de la mienne qui l'apitoie et qu'elle tente à plusieurs reprises de chasser en m'adressant des sourires qui demeurent contrits, en me prenant la main, en me caressant la joue, en me proposant une gourmandise ou de quoi me divertir — témoignages qui, trahissant son propre besoin de ma présence, m'attribuent un rôle au-dessus de mes moyens mais auquel je m'efforce de me conformer par une tenue immobile et grave.

Quand elle me quitte des yeux et attend, le regard dirigé droit devant soi, elle devient pensive, elle se mordille les lèvres. À qui, à quoi songet-elle ? Est-ce à ses frères requis par leur famille et auprès desquels nous nous sommes arrêtés en venant ? S'inquiète-t-elle de la santé de sa tante à qui nous avons rendu visite à l'aller ? Éprouve-t-elle ce douloureux sentiment d'impuissance face à la dispersion auquel le temps voue un foyer naguère uni, à l'abîme qui se creuse entre ses membres, à l'impossible maintenance de l'union primitive qui rendait inconcevable ou incompréhensible l'idée même de solitude ? Je ne me dis bien sûr rien de tel, je ne fais que percevoir les symptômes d'une interrogation qui me demeure énigmatique.

Je pense quant à moi à ce que je ramène de Saint-Bonnet dans ma petite valise : un jouet qui m'a été offert ou que j'ai demandé à mon cousin de me donner. Mon imagination se fixe sur lui au point qu'il me démange de le sortir et, sinon de m'en amuser, du moins de vérifier sa présence, de le tenir entre mes doigts, de le contempler. Ce n'est pas sa valeur dérisoire qui me le rend aussi précieux mais ce qu'il contient de Saint-Bonnet, ce qu'il symbolise du climat de ce pays chéri.

Je déduis cela du comportement des enfants qu'il m'arrive d'observer en voyage. Je ne me souviens plus de ce que je vivais mais j'étais sûrement semblable à ces garçons qui font rouler une voiture miniature sur une tablette ou sur les accoudoirs de leur siège, les yeux tout près de l'objet, ne considérant que le mouvement des roues ou tel autre détail à quoi tient leur prédilection pour lui, comme si ce détail suffisait à la reconstitution de tout un autre monde.

Enfin, nous voici dans le train de Saint-Étienne. Encore que nous ne soyons qu'à mi-parcours et que nous devions descendre à Saint-Chamond pour rendre visite aux tantes de ma mère, notre installation dans ce train ne s'accompagne pas que de soulagement : nous sommes en terrain de connaissance, nous sentons entre ce train et nous un lien qui nous le rend aussitôt familier, nous empruntons une ligne où notre présence ne dépare pas, nous ne pouvons avoir à craindre de faire figure d'intrus. Nous ne trouvons donc au compartiment et aux sièges qui nous accueillent l'air circonspect que de prime abord la nouveauté donne aux lieux qu'on découvre. Nous ne ressentons pas la nécessité de respecter un temps d'adaptation, de nous faire discrets, d'user d'égards et de réserve. C'est même avec l'aplomb à la limite de l'effronterie des gens trop sûrs de soi que nous prenons possession de nos places, ne baissant pas la voix, délivrés du poids qui jusqu'alors pressait sur notre gorge, submergés par les mots qui se précipitent sur nos lèvres et que nous ne pouvons pas plus contenir que les petits rires qui nous secouent. Dans l'ivresse à laquelle me porte une aisance aussi brusquement acquise, j'en viens à franchir les limites permises et contrains maman à réfréner mon exubérance. Elle me signale mes écarts, elle m'invite à me calmer, elle fait appel à ma raison, mais ses réprimandes n'ont rien de sévère, elle ne parvient pas à effacer de son visage l'expression radieuse inscrite dans ses traits par la joie qu'elle éprouve à la fois par elle-même et à la vue de la mienne. Nous sommes en proie à l'éclosion en nous d'une même assurance. Elle irradie dans nos pores, dans nos pupilles et jusqu'à la pointe de nos cils comme le rayonnement d'une présence intérieure qui nous est distincte mais qui ne manifeste pas pour autant le besoin de nous franchir, qui se borne à nous illuminer, à appliquer sur nos fronts son onction, à nous couvrir de la même ferveur.

La plongée et l'errance dans le dédale des quais et des passages souterrains de Perrache sont devenus un lointain et déjà pâle souvenir. Le verre de la fenêtre a plus de réalité que les activités de la gare qu'il me permet de suivre encore. Effleuré par un rayon rasant qui révèle son épaisseur et le voile d'une fine opacité poussiéreuse, il ôte de leur substance aux éléments du spectacle qui se poursuit au-delà, il vide les voyageurs, non moins nombreux et empressés, de la présence qui m'avait obnubilé sur eux et ne leur laisse que les formes floues d'ombres presque fantomatiques, il efface même la pesanteur massive des trains qui prennent à travers lui les dimensions réduites de jouets. Les longues cloisons coulissantes que leurs rames constituent le long des quais, s'escamotant et se refermant selon leurs arrivées et leurs départs ; le grouillement de la foule dont les groupes s'étirent, s'engorgent, tourbillonnent, se fendent au passage des petits chariots arrimés et convoyant les bagages ; le bruit des piétinements, l'haleine commune qui s'exhale de tous les souffles vers la verrière, chargée d'appels, de cris, d'un incessant murmure, les annonces vagies dans les haut-parleurs, les trois notes du carillon qui les précèdent, les souffles, les fumées, tout cela fond comme les images d'une rêverie ou d'un délire.

Bientôt, le glissement de notre train s'ébranlant diluait tout à fait cette vision et, dès qu'il s'était défait de la résille délicate des aiguilles enfilées une à une avec d'infinies précautions et qu'il prenait de la vitesse, qu'il laissait derrière lui les derniers quartiers de l'agglomération lyonnaise, les dépôts de la Mouche, les infrastructures arachnéennes de Saint-Fons et de Vénissieux, le paysage et la luminosité qui s'inscrivaient dans les fenêtres, sans évoquer les confins bleutés des monts du Forez, indiquaient un climat avec lequel nous nous sentions déjà plus en accord. La nuance turquoise du ciel montrait l'atmosphère plus imprégnée du rayonnement solaire. Plus vif était le contraste entre les feuillages éclairés et ceux qui ne l'étaient pas, entre les façades des maisons frappées par la lumière et celles plongées dans l'ombre. Un caractère avec lequel nous nous éprouvions intimement affiliés s'esquissait de façon encore indécise mais suffisamment sensible pour signaler que le territoire où nous entrions était apparenté au nôtre, et le long de la majestueuse vallée du Rhône qui s'ouvrait là et que le train empruntait jusqu'à Chasse et Givors, une infinité de détails anticipaient ou faisaient transparaître en une vague ressemblance la physionomie à nos yeux si distinctive de notre région : l'étroitesse des maisons plantées au cœur de jardinets ceints de palissades vacillantes, les grosses pierres de granit roux scellées par d'épais joints de mortier, les tuiles romaines surtout, qui striaient de leurs plis des toits courts, à faibles pentes et ne dépassant presque pas les façades, l'aspect un peu brut, enfin, des façonnages dénués non seulement de fantaisie et de raffinement mais presque maladroits, évoquant la négligence.

Il est étrange que des caractéristiques aussi peu flatteuses, loin de freiner mon élan vers Saint-Bonnet, en bandaient au contraire le ressort. Je ne m'abusais pas sur le manque d'esthétique, sur l'esprit obtus, la médiocrité, la pauvreté, la mauvaiseté même dont elles témoignaient, tout cela jouait comme des signes qui ne me renvoyaient pas à la réalité mais à un climat idyllique, l'âpreté de ce décor lui était lié en moi comme les épines le sont à la rose, ou leur enveloppe pierreuse à l'améthyste et au cristal.

Dans les passages où l'aménagement de la voie avait amené à trancher sur les collines, la roche révélait des teintes mauves. Les villages que nous traversions avaient, sous les platanes qui ombrageaient leurs places et leurs trottoirs, le caractère décati et somnolent des quartiers chargés d'histoire, survivant comme par mégarde dans une civilisation qui n'était plus la leur et dont les axes de circulation d'ailleurs se détournaient. Leurs maisons de pierre ou de mâchefer, noircies par le dépôt des pluies et des escarbilles projetées par la fumée des locomotives à vapeur et des usines, du temps où elles fonctionnaient encore et qui n'était pas si éloigné, étaient affectées d'un air abandonné ou reclus assez propre au cœur des cités méridionales que l'on devine seulement habité de vieillards. Leur subsistance suffisait cependant à marquer la contrée d'un sceau particulier qu'il me faudrait encore quelques années d'étude et d'autres voyages pour identifier comme latin. Nous plongions dans la Gaule narbonnaise. Si les siècles et les échanges en avaient effacé la frontière, émoussé la distinction, il en demeurait dans le paysage une empreinte pareille à la trace d'un accent dans une voix, ce que je sentirais aussi dans la musique des noms de pays au fur et à mesure que nous nous écarterions des vallées, à commencer par cette vallée du Rhône dont le train quittait le versant dauphinois pour traverser le fleuve et s'arrêter une première fois dans la gare en courbe de Givors-Canal, aménagée sur un large talus d'où l'on dominait la cité ouvrière, des petites maisons d'habitation sans grâce serrées au milieu de vastes entrepôts, de cuves, de hauts-fourneaux, et autres installations métalliques aux allures d'échafaudages, qui dressaient leur ossature ajourée et leurs chicots sur le ciel.

Non, je ne comprends pas qu'à la vue de ce décor de géhenne je n'aie pas été pris de nostalgie pour mes montagnes pures, pour mes vallons sauvages du Haut-Jura, pour les prairies qui les tapissaient et qu'accompagnait, sur les crêtes, la garde noire des forêts de sapins. La vallée étroite et sinueuse que le train remontait en direction de Saint-Étienne n'avait pas même le charme du pittoresque : ce n'était qu'un ravin peu encaissé aux formes molles, dont la terre grise et ravinée semblait dénuée des sucs aptes à nourrir une végétation d'arbustes rabougris qui parvenaient seulement sur les hauteurs à former une couverture unie, crépue et rase comme les cheveux des Noirs. Rien ne venait égayer tant soit peu les talus arides, les remblais cendreux, ce canyon dans les courbes duquel les wagons cahotaient en émettant des criaillements stridents, et le sentiment dominait d'une zone de déjection ou de décharge dont les dépôts n'auraient pas été alluvionnaires mais constitués de résidus d'affinages, de scories vomies par des fours, de poussières rejetées par les vents en provenance de l'agglomération industrielle dont les toits en dents de scie et les cheminées des usines de Rive-de-Gier amorçaient la longue procession jusqu'à Saint-Étienne.

Étonnant paradoxe que cette montée en moi d'un enthousiasme que je peinais de plus en plus à contenir alors que défilait dans les vitres du train un paysage de plus en plus sinistre, avec ses ciels de soufre, ses maisons de pierres noires, ses hangars délabrés, ses longs murs aveugles ou aux verrières encrassées, ses toits de tôle, cette uniforme pellicule de rouille qui roussissait tout et transformait le fond de la vallée en un lit de décombres d'où seuls quelques attroupements de villas, les longues barres des HLM et les cimetières, plus ou moins bien accrochés sur les flancs pentus, semblaient parvenir à se maintenir hissés.

Les images les plus belles qui me seront revenues de mes voyages de Saint-Claude à Saint-Bonnet-le-Château auront indiscutablement concerné la seule traversée des montagnes du Jura alors que, à l'époque où elles s'inscrivaient dans ma mémoire, je les vivais sur un fond d'angoisse et de chagrin. Force m'est de reconnaître qu'à partir de Lyon et de Rive-de-Gier surtout, aucun paysage avant Saint-Bonnet même n'aurait pu les concurrencer en force et en harmonie.

Ma joie me venait d'autre part. Elle tenait peut-être à celle dont je voyais ma mère rayonner et que, comme elle ne m'était pas vraiment communicative, je me sentais l'obligation de suivre si je ne voulais pas m'en exclure. Mais elle venait aussi de la sensation d'une imminence, d'une immanence. Je n'idéalisais pas la région que nous abordions puisque les images qui me reviennent ne me la montrent pas moins lugubre et rebutante. J'étais fixé sur un autre pays qui assurément était ancré en celui-là mais en était le double invisible, lumineux, et qu'allait me révéler, en le cristallisant autour de moi, en m'indiquant qu'en somme j'en étais détenteur, le regard des personnes au-devant desquelles nous nous rendions, dont nous nous rapprochions de plus en plus.

Inversement, sur le retour, arraché au faisceau de la considération attendrie dont j'avais fait l'objet à Saint-Bonnet, privé de ces attentions qui me désignaient de façon si exclusive, m'assuraient de mon individualité irréductible, me délivraient une identité que je ne me voyais pas mais dont je ne pouvais plus douter, mon regard dépouillé me confrontait sans filtre à la réalité des choses, les paysages n'avaient plus d'au-delà, leurs formes se refermaient sur elles-mêmes, elles n'avaient d'autre profondeur que celle de leur matière compacte, et elles m'apparaissaient sans justification, la parole s'était évadée des objets qui n'en étaient plus, je ne voyais plus que la rouille sur le fer, la suie sur les pierres, la carbonisation du bois par le temps lentement calciné, la crasse partout comme une fermentation insidieuse conduisant à la déliquescence.

Il est compréhensible que dans ces conditions le souvenir de nos haltes à Rive-de-Gier, où nous ne nous arrêtions qu'en revenant, me paraisse détaché du contexte merveilleux dans lequel nos voyages se déroulaient à l'aller, et qu'étant donné le caractère accessoire, périphérique, superflu que revêtaient bien injustement à mes yeux les visites à mes oncles, je serais porté volontiers à les passer sous silence. Mais à l'ennui que je connaissais alors et qui expliquait cet effet pernicieux s'ajoutait peut-être bien, auprès des frères de maman et de leur famille, l'absence de spontanéité dans leur affection, sans commune mesure avec celle qui venait de m'entourer durant notre séjour à Saint-Bonnet, et dont le manque me laissait frileux, hagard, exilé.

Ni l'un ni l'autre ne manquaient de générosité et ils possédaient cet air de famille qui me raccrochait à eux, ces traits qui, soumis en chacun comme en maman et en moi à des variations originales, provenaient des mêmes gènes et ne laissaient pas de me plonger dans d'inexprimables interrogations, agaçantes comme une idée qui se dérobe. Quoique dans la même ville, ils ne se fréquentaient l'un l'autre que de loin en loin. Il est vrai qu'ils étaient de tempéraments fort différents, leurs épouses plus encore, et comme ils habitaient en des points opposés de la ville, nous étions amenés à les visiter séparément. Je ne me souviens plus si ma mère, toujours soucieuse de ménager les susceptibilités, allait jusqu'à respecter un ordre de préséances. Dans ce cas nous aurions dû nous rendre en premier lieu chez son frère aîné mais, au sortir de la gare, il me semble, nous prenions aussitôt un car vétuste qui desservait la cité étirée en longueur et allions aussitôt chez son second frère, où nous déjeunions. Pour atteindre la petite maison haut perchée où il occupait deux minuscules pièces avec sa femme et leur fille, il fallait escalader un raidillon pierreux qui coupait les jambes.

L'un et l'autre travaillaient au moment où nous arrivions chez eux. Nous voyions plus longuement leurs femmes auxquelles je ne doute pas que ma mère trouvait beaucoup à dire mais que je n'avais rencontrées que trop peu de fois pour me sentir en familiarité avec elles. Je n'atteignais pas non plus, du reste, avec mes cousins et cousines, à la complicité immédiate, à la connivence fraternelle qui me liait à mon cousin de Saint-Bonnet. Tandis que nos mères conversaient, évoquant des personnes et divers épisodes d'un passé pour elles encore récent mais dont nous ne faisions pas partie, nous nous observions, eux debout, les jambes croisées et se dandinant contre un angle de buffet ou la barre de la cuisinière, manifestant par cette posture, et avec une certaine ostentation, leur impatience de retourner, dehors ou dans leurs chambres, à des occupations dont nous les avions inopportunément tirés. À l'invitation de leur mère, il est probable que nous tentions de nous rapprocher mais, soit par faute de temps, soit par réticence foncière, nos rapports demeuraient réservés, sans allant.

L'un et l'autre de mes oncles trouvaient le moyen de quitter leur travail plus tôt. Ils arrivaient à vélo, en bleu de travail, ils s'excusaient de leurs mains tachées de cambouis ou incrustées de limaille, ce qui les empêchait de nous étreindre. Ils portaient sur mon changement une appréciation élogieuse et je sentais, du temps que leurs yeux restaient posés sur moi, un étonnement non feint, une émotion, même, qu'ils ne se formulaient pas et qui provenait de réminiscences que je déclenchais mais dont je n'étais plus le centre. Ils ne s'y attardaient pas, ils reportaient leur attention sur ma mère, ils devaient retrouver à sa vue des réflexes de grands frères, protecteurs, admiratifs, embarrassés. Leur parole virile, leurs gestes mâles, l'espèce de désintérêt que je leur devinais pour les enfants ou du moins l'obligation de sévérité à laquelle ils s'en tenaient vis-à-vis d'eux, établissaient entre nous une distance que le désir d'échanges, dont nous ne trouvions ni l'objet ni les moyens, rendait parfois un peu trouble. Une sorte de déphasage compliquait nos rapports, eux ne sachant sur quel ton s'adresser à moi, moi ne pouvant m'adresser à eux comme à des pères que pour moi ils n'étaient pas.

La présence de leur femme offusquait peut-être les effusions. Maman qui admirait ses frères demeurait en retrait de l'élan qui la portait vers eux. Ils réprimaient une nostalgie dont les assauts leur faisaient souvent baisser les yeux, détourner la tête. Les frères et la sœur constataient la distance qui les séparait à mesure que s'éloignait leur enfance. Ils ne recréaient pas l'ambiance de la table familiale, ils ne connaissaient plus cette concurrence, ces disputes, ces jalousies, ces fous rires qu'ils pouvaient se permettre alors qu'ils étaient proches et solidaires. Leur foyer respectif maintenant les accaparait, les sanglait, les bâillonnait. Mes oncles appartenaient aussi à ce monde énigmatique des employés de la métallurgie, occupés à des tâches que je ne concevais pas, ou plutôt que j'imaginais à la fois modestes et prodigieuses, je ne me les représentais pas sous les toits en dents de scie des usines où pourtant, lorsque nous reprenions le train, ils étaient déjà retournés, perdus dans le fourmillement indifférencié des activités ouvrières.

Parce que c'est à l'aller que nous nous y arrêtions, Saint-Chamond occupe dans mon souvenir une place différente. Je me serais sans doute passé de cette halte en raison de mon impatience, mais je comprenais qu'elle était inévitable et lui supposais d'ailleurs des vertus propitiatoires : elle nous ménageait une étape de transition à même de nous concilier les dieux pour la suite de notre voyage ; elle marquait de façon officielle notre retour au pays et prenait un caractère à la fois d'accueil et d'épreuve. Moyennant le devoir filial dont nous nous acquittions comme à un péage, nous nous munissions de la bénédiction des tantes de ma mère, seules habilitées à nous ouvrir le monde qui, en filigrane des paysages que nous allions désormais traverser, constituait notre véritable royaume.

Au demeurant, Saint-Chamond n'est pas une ville plus attrayante, loin de là, que Rive-de-Gier, Lorette, Grand-Croix ou Izieux dans la chaîne desquelles elle est incluse. Plus sombre encore peut-être du fait de l'encaissement accentué de la vallée surplombée par les contreforts abrupts du Pilat, elle est aussi plus vieille et son agglomération plus importante semble tassée, quadrillée de rues étroites et charbonneuses. Elle a déjà le type un tantinet sarrasin des vieilles villes de Haute-Loire comme Yssingeaux ou Le Puy. Les pierres de ses immeubles, carrées, massives, lui conservent par endroits une physionomie moyenâgeuse et, dans l'ensemble, cet air sévère, recroquevillé, avare, que donne aux villes provinciales l'austérité de leurs façades nues, sans décorations, lissées par les souffles glacés d'un permanent courant d'air.

Du temps où nous y descendions, l'asphalte ne tapissait que quelques boulevards récents. Les pavés couleur d'os, polis, luisants, accusaient encore l'aspect inhospitalier des rues centrales où se répercutaient les bruits des véhicules et les flasques clappements des pneus sur les affaissements, ainsi que, lorsque la circulation s'interrompait, les voix sonores des passants qui échangeaient quelques paroles en se croisant, donnant une impression d'espace sous surveillance et incitant à la circonspection. Malgré tout, et en dépit de sa teinte uniformément brunâtre, de la consonance bougonne de son nom que n'avait pas encore porté à la célébrité la notoriété de son maire, le président

Antoine Pinay, Saint-Chamond se présente dans ma mémoire sous un aspect non seulement moins réfrigérant que Rive-de-Gier, mais presque chaleureux, ensoleillé, fleuri, à l'image des massifs qui ornaient les abords de la gare et qui allaient jusqu'à offrir à cette zone nouvellement redessinée, plantée d'arbres et de bancs blancs, une allure un peu désuète de station balnéaire.

Un caractère aussi avenant ne manque pas de lui être donné, sous l'effet d'une sorte de contamination ou d'osmose dans ma mémoire, par le climat de prévenances dont savait nous entourer la tante de maman qui nous recevait. Il était toujours émouvant de voir s'ouvrir la porte sur ce petit bout de femme tout en rondeurs. Les yeux écarquillés, les mains sur la poitrine, elle restait sans voix sous le coup de la surprise et eût défailli si, d'une exclamation, elle n'eût repris son souffle in extremis. Alors, la gorge palpitante, les mains tremblantes, empressée tout à coup et nous assaillant de questions sans nous laisser le temps d'y répondre, tournant sur elle-même pour nous offrir elle ne savait quoi, elle nous faisait entrer dans l'étroite et sombre pièce qui lui servait tout à la fois de cuisine, de salle à manger, de salon et d'atelier. Elle nous dévisageait, elle nous poussait vers des chaises, elle nous retenait par le bras, et ses paroles tissaient autour de nous des guirlandes qui nous enlaçaient dans leurs intonations chantantes, interrompues, à intervalles réguliers, par une interjection où son timbre prenait tout à coup un ton grave qu'elle tenait un instant en arrondissant la bouche en même temps que les yeux.

Nous souriions de ces manières en lesquelles nous la retrouvions telle qu'en elle-même, babillarde, volubile, expansive, révélant une nature qui débordait de tendresse et de miséricorde. Elle n'avait pourtant pas manqué d'épreuves dans sa vie. C'était à se demander comment, dans un décor si sombre où elle était tenue à une tâche si fastidieuse, accablée de souvenirs qui devaient la torturer et d'une maladie qui l'estropiait de jour en jour, elle trouvait le courage de vivre et conservait intacte sa gaieté, telle que l'exprimait son rire étonnamment communicatif, qui hissait sa voix à un registre à ce point aigu qu'elle n'était plus qu'un mince couinement de souris avant que, s'espaçant, les secousses ne la restituent en une cristalline vocalise.

Du col à petite échancrure carrée de sa robe invariablement sombre qui contribuait à effacer davantage encore ses épaules tombantes et sur laquelle elle passait un petit tablier dans le même ton, émergeait un visage ovale et lisse, toujours un peu incliné de côté avec une expression attendrie ; ses cheveux tirés en arrière dégageaient des traits sensibles, imprégnés de la douceur du sourire qui irradiait dans le regard, issu lui-même d'yeux aux commissures tombantes, d'iris noirs et brillants qui vous considéraient sans vous fixer et comme en vous caressant indéfiniment de leur faisceau. Un mélange de respect et de pitié nuançait l'affection qu'elle m'inspirait et me maintenait à distance d'elle comme si je l'avais sentie sur une autre rive.

Elle ne tenait pas en place. En dépit des prières de ma mère qui lui recommandait de s'asseoir ou lui proposait de l'aider, elle papillonnait d'un bout à l'autre de la pièce avec une agilité surprenante étant donné son impotence et le capharnaüm des meubles entassés. Ce faisant, elle poursuivait son papotage, se lançait, à propos de faits de la vie quotidienne des plus anodins, en des récits qui n'en finissaient pas. Dans sa manière de rapporter les choses tout tournait à l'aventure, se compliquait d'incidences et de coïncidences plus ou moins malheureuses. Il arrivait qu'emportée par son débit elle donnât l'impression de manquer de souffle pour prononcer tous les mots qui se précipitaient sur ses lèvres, elle était contrainte à des pauses, sa respiration sifflait dans ses bronches. Elle parlait ainsi bien souvent de personnes sur le point de nous rejoindre comme si elle avait été pressée de faire à ma mère des confidences qui ne lui seraient plus possibles en présence des intéressées.

Tel était le cas des propos concernant sa sœur,

l'autre tante de maman, si impressionnante pour moi en raison de la surdité qui la cantonnait dans une attitude hiératique, un peu méfiante, vite effarouchée. Autant la tante Noémie était joviale, affable, boulotte, autant la tante Catherine était sèche, anguleuse, d'aspect revêche et néanmoins la bonté même. Il ne servait à rien que je m'époumone en lui parlant, elle ne m'entendait pas. Je me désespérais de me faire comprendre d'elle alors que sa sœur y parvenait à voix basse, en articulant les mots seulement sur les lèvres, ce qui lui donnait l'air de parler une langue étrangère, un mystérieux idiome. À chaque fois que nous voulions l'interroger, il convenait que nous passions par son intermédiaire. Son infirmité avait donné à tante Catherine une voix de gorge plutôt désagréable et l'affectait d'une diction hachée, elle ne se rendait pas compte qu'elle parlait trop fort, ses paroles restaient noyées dans une sorte de coassement qui les faisait paraître hargneuses, dissuasives. Nous hésitions à l'interroger à nouveau, d'autant qu'elle ne manifestait jamais le désir d'intervenir et paraissait se satisfaire d'un strict rôle d'acolyte.

J'admirais son impassibilité que je devinais dictée par un cran exemplaire. Peut-être étais-je porté aussi à la dévisager davantage en raison de ses traits plus spécifiques à notre famille. Sans me rendre compte de ce que cela pouvait avoir d'agaçant pour elle ou de blessant à cause d'un possible malentendu, je la détaillais comme inspiré d'en attendre une révélation. En la forme rectangulaire de sa face, dans ses sourcils épais en accents circonflexes, dans ses yeux écartés, qui avaient dû être immenses mais qu'étrécissaient les plis affaissés des paupières, et même dans les soies noires qui ornaient aux commissures sa lèvre supérieure d'une ombre de moustache, me semblait apparaître un sens que je n'avais de cesse de vouloir déchiffrer.

Avec elle je sentais que je plongeais plus loin encore. Indépendamment du cadre circonstanciel et daté dans lequel elle s'insérait aussi par son habillement et ses chapeaux noirs de carte postale 1900, je percevais une présence hors du temps, immuable, aussi indestructible qu'une force ou un principe.

Des personnes de la parenté venaient à l'occasion de notre passage encombrer un peu plus l'appartement exigu, mais c'est sous l'obédience des deux figures tutélaires de mes grands-tantes que j'avais souci de me tenir. Leur attention et leurs regards avaient valeur à mes yeux de privilèges. En isolant ma personne, en lui accordant de l'intérêt, elles m'octroyaient l'importance qui ne peut compter vraiment que délivrée par les Anciens, non que l'expérience et la sagesse donnent plus de prix à leurs jugements — on peut toujours en discuter — mais parce qu'ils sont les intermédiaires les plus directs avec le passé, avec ce que nous avons besoin de croire une intention ou un désir à l'origine de ce que nous sommes.

Je n'étais d'ailleurs en mesure ni de prendre part ni de m'intéresser longtemps à la conversation animée à laquelle ces réunions donnaient lieu. Il y était question de personnes et d'événements que je n'avais pas connus. Il y était abordé des problèmes de physiologie, de santé, de traitements, de cures, de remèdes qui me donnaient une image trop effroyable des maladies pour que je n'aie pas le réflexe de m'abstraire. On commentait aussi des cérémonies religieuses, on faisait le récit d'incidents qui avaient émaillé des pèlerinages à Lourdes : l'émotion portait au bord des larmes, acculait à un silence qui ressemblait à de la gêne. La question dont une voix, qui prenait le ton le plus innocent possible, jusqu'à paraître simplette, osait froisser l'air étale, relançait la discussion. Bientôt des rires fusaient, dominés par les éclats tonitruants de telle tante ou cousine au coffre de Castafiore. On revenait sur le passé. Un souvenir en appelait d'autres. J'essayais de suivre. On répondait avec condescendance aux précisions que la curiosité me poussait à demander, mais on me dissuadait le plus souvent d'en savoir davantage.

J'étais tenu plus ou moins à bon escient hors de ce qui reliait ces femmes et les incitait à m'oublier.

Force m'est de reconnaître que le spectacle de leur assemblée assise, des mouvements qui les orientaient les unes vers les autres et faisaient palpiter la lueur de leurs visages dans la pénombre, leurs bras croisés ou leurs doigts tripotant les perles de leurs colliers, les médailles suspendues à leurs chaînes le long desquelles elles les faisaient coulisser en suscitant un crissement agaçant des anneaux, m'a plutôt laissé une impression d'ennui. Mon âge supportait mal l'effacement et l'immobilité qu'on exigeait de moi. Mes débordements d'enfant m'amenaient à commettre des bêtises ou des casses dont j'étais vertement tancé. Ils désorientaient ces personnes pour lesquelles je n'étais pas en mesure de comprendre que ma mère avait l'avantage sur moi, focalisait tout un faisceau de références renvoyant au plus loin de leur histoire et au plus profond de leur cœur. Je n'étais pas non plus en mesure de concevoir qu'elles représentaient elles-mêmes pour maman ce que mes propres tantes incarnaient pour moi, et plus précisément ma marraine qu'il me venait l'impatience de rejoindre à Saint-Bonnet. Ici, à Saint-Chamond, je n'étais qu'une pièce rapportée, un épigone.

J'éprouvais néanmoins pour mes deux grands-tantes assez de déférence pour me contenir et même faire preuve de zèle. J'aspirais avec ardeur à leur considération. Je recevais tout compliment de leur part comme une promotion. Je me rengorgeais sous la lumière de leur sourire qui attisait en moi un feu dont j'allais jusqu'à rougir. Quoique chacune en moindre part et pas même intégralement toutes deux, elles détenaient dans leur chair, elles possédaient dans la tournure de leurs gestes, elles suggéraient dans l'accommodation de leur regard et les intonations de leur voix une autre présence qu'il ne me fallait pas décevoir. Elles étaient, chacune à leur manière ou chacune en présentant un aspect antithétique, les commissionnaires d'une affection qui m'arrivait de plus loin qu'elles, presque à leur insu, opacifiée par le filtre de leur médiation, ou comme si elles ne me la transmettaient que par le souvenir qu'elles en avaient. La tendresse qu'elles ne manquaient pas de me manifester me semblait moins venue de leur fonds propre qu'inspirée à leur cœur par celle qu'elles avaient vue m'être témoignée et qu'elles se bornaient à réfracter, avec le regret de ne pouvoir l'éprouver tout entière et la crainte sans doute de se l'approprier.

Ainsi veillaient, aux portes du territoire dont j'étais le prince, ces deux fées noires, aussi différentes et indissociables que Pimprenelle et Pervenche. Elles gardaient vis-à-vis de moi une réserve que j'étais enclin à prendre pour de la méfiance et qui me vexait. Je comprends aujourd'hui que leur attitude était foncièrement respectueuse. Je ne leur appartenais pas, il leur fallait laisser s'épanouir en moi la part d'inconnu qui me tenait éloigné d'elles. On semblait la leur avoir signalée comme me destinant à de grandes choses. Elles ne voyaient probablement pas en quoi mais n'en doutaient pas pour autant, et il ne leur fallait surtout pas intervenir sur ce possible prestigieux. De la sorte, plus de leur fait que du mien, je n'ai pu avoir pour elles un attachement que ma mère eût peut-être souhaité plus conforme au sien mais, quoique effacées ou du moins en retrait, leurs présences bienveillantes m'indiquaient une voie que je n'aurais pas trouvée sans elles, que je n'aurais sans doute pas pensé à chercher. Saint-Bonnet ne me serait pas apparu à ce point détenteur de la seule source où je pourrais toujours, ne fût-ce qu'en pensée, puiser à nouveau certitude et allant.

Aussi bien, dans ma géographie intime, donnaient-elles à Saint-Chamond un statut de ville frontière. Dans le goulet de la vallée du Gier s'élevait cette porte noire qui ouvrait sur la région sans limites à laquelle j'appartenais et sur les terres de laquelle, y compris celles éloignées de Saint-Bonnet, j'aurais toujours le sentiment d'être chez moi, au pays des légendes dont j'étais issu.

Et lorsque nous quittions ces deux grands-tantes, rien ne nous séparait plus, cette fois, du terme de notre voyage.

Comme nous étions au temps où les trains desservaient encore les chefs-lieux de canton, nous disposions assez heureusement, en fin d'après-midi, d'un autorail qui, venant de Lyon, gagnait La Chaise-Dieu ou peut-être même Le Puy via Sembadel, permettant d'atteindre Saint-Bonnet-le-Château sans avoir à changer en cours de route. Et comme aux lignes secondaires était affecté le même matériel, l'autorail en question était d'un type sem blable à la micheline que nous avions prise le matin à Saint-Claude : j'en éprouvais l'impression que celle-ci, après la parenthèse de la mi-journée qui nous avait écartés de notre trajet, venait nous reprendre pour le poursuivre.

Mon exaltation à l'idée de toucher au but le dispute à ma joie renouvelée de revoir des trains et singulièrement celui-ci, dont les couleurs vives et tranchantes, dans le décor fuligineux des quais, correspondent peut-être à une image idéale de la traction ferroviaire que je porte en moi. J'apprécie toujours autant la flexibilité et le glissement de la rame rouge et crème à son arrivée, tendant ses tampons comme deux mains projetées devant soi pour se frayer un passage. J'aime les sortes de hublots cerclés d'aluminium inscrits dans les fenêtres de la cabine de pilotage et qui, parce que j'ignore leur raison, lui confèrent à mes yeux une physionomie de bolide équipé pour des traversées fabuleuses. C'est avec un plaisir indicible que j'entends à nouveau les rugissements du moteur lancé à pleine puissance pour arracher la masse des wagons à leur inertie. À nouveau le ferraillement des roues sur les aiguillages et leurs claquements répétés me communiquent une jubilation proche des transes procurées par le rythme entraînant d'une musique. Je suis porté jusqu'à l'euphorie par les cahots berceurs dont il me secoue, j'aspire à l'ivresse que le défilement des formes du dehors fait naître et croître à mesure que la vitesse l'accélère.

Dans le ravissement qui me tient renversé contre le dossier de la banquette, les talus des tranchées taillées dans les mamelonnements du versant pour le passage de la voie, les agglomérations autour des usines massives, les maisons éparpillées sur les coteaux et dont l'aspect comme les abords négligés, encombrés de carcasses de voitures, de cages à lapins de guingois, affichent une misère endémique, et même l'entassement des toits dans la cuvette lugubre de Terrenoire, même les crassiers de Châteaucreux m'apparaissent transfigurés, de sorte que ce tronçon me fait l'effet d'un défilé plus spectaculaire que sordide.

Comme à Bourg-en-Bresse sur la première moitié de notre parcours, l'arrêt à Saint-Étienne donne lieu à un complet renouvellement des passagers. Les étudiants rentrant de Lyon, les cadres que leur travail disperse jusqu'à Givors et peut-être au-delà cèdent la place à une population plus désinvolte d'ouvriers regagnant leur foyer, de paysannes ou de villageoises « descendues » en ville pour des achats, des démarches administratives, des visites à des malades dans les hôpitaux ou des consultations auprès de spécialistes. Tout ce monde, se connaissant plus ou moins et considérant comme naturel de s'adresser sans embarras à son prochain, emplit le compartiment d'un brouhaha enjoué, ponctué d'exclamations et de rires. L'échange des nouvelles, les comptes rendus des aventures arrivées, la satisfaction d'une journée bien remplie, le soulagement de rentrer chez soi, et les « canons » enfilés en nombre peut-être excessif, donnent à ces fournées de personnages détendus une allure festive de colonie de vacances et presque d'une noce.

Des relents d'étable et de fourrage provenant d'étoffes de robe ou de sarrau imprégnées de l'odeur des vaches se mêlent aux fragrances plus habituelles du tabac et des parfums de femme, mais me retient par-dessus tout l'accent : j'en ai eu la préfiguration dans les intonations des tantes et des cousines de ma mère, comme un rythme qui s'imposait à leur phrasé et allait jusqu'à leur souffler des mots, des tournures, des expressions inentendues ailleurs ; il retentit ici intégralement dévoilé, appuyé à ce point que j'en viens à soupçonner les gens de plaisanter en renchérissant les uns sur les autres dans la déformation qu'ils donnent au langage. Puis, ce moment de désarroi passé d'autant plus vite que l'accent me charme et donne surtout à mon souvenir de Saint-Bonnet une consistance qui soudain m'en rappelle, m'en apporte à l'avance l'ambiance, je me mets à l'affût de ses caractéristiques, je me laisse soulever par ce rythme qui soumet les phrases à des montées et à des descentes, qui les amène à se conclure par une insolite retombée ; je poursuis le sautillement de l'accent tonique qui met en évidence des syllabes que je ne vois pas à ce point significatives ; je repère la tonalité particulière qu'il donne aux voyelles et qui modifie à mon sens la physionomie de presque tous les mots. Il en fait surgir de nouveaux qui émaillent les échanges d'autant de sésames incompréhensibles pour moi, tels : *mâtru, mâtranla, panyâ, gandeau, boutasse, babiolou, gaillibourde, bitor, saccaraud*, et l'itérative interjection *beauseigne !* qui, précédée ou non d'un « oh » compatissant, truffe les discours et les ponctue.

Je sens que cette prononciation étrangère à mes oreilles relève d'une façon particulière de respirer et, plus profondément, plus mystérieusement, d'un rapport au monde, d'une perception de la vie, d'une disposition de l'âme dont je ne jouis pas ou qui, plutôt, faute de pratique et de stimulation en quelque sorte, sont restés embryonnaires en moi. Il y a là une spontanéité qui accueille fraternellement, une exubérance qui rend les relations immédiates et simples, un allant enfin qui témoigne d'une nature heureuse, généreuse, épanouie. Aussi, très vite, comme si à l'écoute des sonnailles de cette langue je reconnaissais une voix ancienne et perdue, éprouvais le regret d'en avoir été frustré et la nécessité de m'y couler à nouveau autant pour ne pas me distinguer des gens de mon pays que pour m'approprier leurs dispositions qui me paraissent enviables, aspiré-je à prendre cet accent, à faire chanter ma voix sur sa musique, à adapter mes cordes et mon corps à sa cadence, à vibrer de sa jubilation.

J'y parviendrai si bien que de retour à Saint-Claude je parlerai encore pendant plusieurs jours avec l'accent de la Loire. Je n'aurai pas conscience d'entretenir — car bien sûr je ne le conserverai pas sans effort et il s'éventera aussi vite qu'un parfum — un idiome qui ne présentera pour mes camarades aucune des vertus que je lui trouve, je ne me rendrai que ridicule. Mais j'aurai fierté à étaler devant eux cette sorte de savoir, à les narguer par l'importance dont la possession d'une langue quasi étrangère me semblera me revêtir, à marquer ma différence, à afficher mes racines, à prouver qu'un autre pays détient la clef de mon identité, de ma raison d'être.

Tandis que, ballottant sa cargaison bruyante, la micheline prend une allure tranquille de tortillard — les courtes distances entre les stations de la banlieue stéphanoise, La Terrasse, Villars, La Fouillouse, ne lui permettant pas de prendre de l'élan — ma mère parcourt des yeux les visages et ne manque pas d'en repérer qui lui disent quelque chose, ce qu'elle ne peut se retenir de me confier, ou qui l'assurent de se trouver en présence d'une amie d'enfance, d'une ancienne compagne de travail, d'une voisine de naguère. Leurs regards se croisent et, après un moment d'hésitation, la voyageuse manifeste son étonnement, elle se lève, elle s'approche, elle s'installe en face de nous après qu'on a bien voulu changer de place avec elle. Je suis présenté, je subis une évaluation en règle, cette amie prétend me connaître alors que, malgré les explications de maman, je ne la remets pas. Il m'est étrange de découvrir qu'une part de moi dont je ne dispose plus est détenue par une inconnue, j'aimerais qu'elle détaille son souvenir, qu'elle me restitue cette part dont je souffre de manquer, mais au moins je suis confirmé dans mon être, une unité m'est rendue qui me réconcilie avec le monde, je retire du regard souriant qui m'examine et des commentaires sur la conformité de mes traits avec ceux de notre famille une exaltante certitude. Puis ma mère et son amie reportent leur attention l'une sur l'autre, elles se racontent leur histoire depuis qu'elles se sont perdues de vue, elles se donnent les informations dont elles disposent sur leurs connaissances communes, je suis rendu au paysage.

Passé l'étroit couloir par où l'on s'échappe de Saint-Étienne, la micheline rejoint la Loire. À l'issue de ses gorges, elle amorce là sa traversée indolente de la plaine du Forez. Nous ne faisons qu'effleurer cette plaine parsemée d'étangs et étirant à l'horizon, dans une brume bleutée où flottent peut-être encore les rêveries inspirées à Honoré d'Urfé par les méandres du Lignon, la marqueterie de ses champs enclos, mais ce que nous en arpentons, de Saint-Just-sur-Loire à Saint-Marcellin en passant par les platitudes aéroportuaires d'Andrézieux-Bouthéon et de Bonson, suffit à évoquer cette même zone de confins terrestres propices aux songes et aux mirages que le plateau de la Dombes. Seulement, je suis loin de me trouver en état de rêver et je n'en ai d'ailleurs pas le temps.

Abandonnant en effet sur sa droite la ligne qui file sans écart vers Montbrison, la micheline négocie une ample courbe qui lui évite d'aborder de front les premiers escarpements de la montagne et lui permet, en la prenant de biais, de s'élever de façon progressive sur ses flancs. Elle ne s'en achemine pas moins vers des rampes sur lesquelles on la sent pâtir et, à certains moments, sur le point de patiner. Les murs de soutènement qui flanquent la voie pour la protéger des éboulis répercutent le vrombissement ralenti du moteur ainsi que les deux notes nasillardes de l'avertisseur qu'en raison des lacets qui limitent la visibilité le conducteur est constamment amené à faire retentir.

La configuration de ces montagnes ne rappelle en rien les combes et les cluses sombres du Jura. Plus massives, elles résistent à la pénétration en l'absence de vallées taillées à vif. Que le granit qui les compose s'offre à un autre type d'érosion ou que les ruisseaux plus dispersés et plus fluets ne soient parvenus à raboter et ciseler le relief selon leurs cours, les monts du Forez se présentent plutôt comme un compact amas de hautes collines dont les sommets se détachent mal des multiples gonflements qui boursouflent le sol un peu à la façon d'une brioche, et cèdent souvent la vedette à des pitons moins élevés mais dégagés, couronnés pour la plupart de ruines de châteaux ou d'une église.

Alors que maman et son amie poursuivent leur conversation, je m'imprègne du spectacle des coteaux pelés que l'allure poussive de la micheline ahanant dans les courbes et les dévers anime de lents basculements de part et d'autre des fenêtres. La nature granuleuse du sable des chemins, étincelant d'éclats de mica, les grosses pierres rondes éparses dans les prés bossus et qui semblent y avoir été roulées à dessein, les taches rousses ou vert-de-gris des lichens très particuliers qui teintent l'appareillage des murets et des maisons, les touffes émeraude des genêts, les troncs rouges des pins dans les petits bois qui commencent à orner les crêtes, autant de signes distinctifs qui individualisent la région et me la font reconnaître telle une personne chère dont on a été longtemps séparé, avec cet étonnement qu'apporte toujours le réel par rapport à l'image conservée en mémoire, comme si l'on se rendait compte que l'on avait pensé à quelqu'un d'autre et qu'on la redécouvrait. Sous la lumière dorée du soleil déclinant, j'accède enfin à mon pays, j'en devine déjà, par-delà le ferraillement de l'autorail, les sons profonds, j'en éprouve le souffle vivifiant, je crois en sentir le parfum d'aiguilles et de résine, et je le trouve beau, et une émotion me noue la gorge.

Mes impressions seraient aujourd'hui plus nuancées. Les connaissances, les points de comparaison, les mots dont je dispose les influenceraient de données culturelles et donneraient sans doute à mon appréciation une profondeur plus juste. En serais-je pour autant davantage dans le vrai ? J'ai encore la naïveté de m'étonner, à moins que ce ne soit une réaction d'amour-propre, que la plupart des guides touristiques ignorent ce canton ou ne lui concèdent, par une sorte de faveur imméritée, que quelques lignes en petits caractères, mais je comprends bien sûr qu'il soit ainsi relégué au plus bas dans la hiérarchie des sites pittoresques par la multitude des lieux autrement plus grandioses et plus édifiants. Mon regard sur cette région reste tributaire d'un émerveillement dont elle n'est pas elle-même l'origine et qui m'entraîne toujours à la doter d'un relief, d'une harmonie, d'une séduction qui ne tiennent pas à ses composantes objectives. Avec le recul que l'expérience et la raison me rendent possible, je vois bien qu'elle est sans grandeur, qu'elle ne bénéficie pas d'une grâce exceptionnelle, qu'elle n'a pas même cette désolation qui élève les Causses, par exemple, ou le Gévaudan, à un degré de sauvagerie saisissant. Sans parler des points de vue spectaculaires offerts par les Alpes, le Jura où j'ai grandi présente des paysages capables de répondre de façon plus comblante aux aspirations contradictoires de la sensibilité ou de l'âme. Nous avons là une région de transition sans grande force de caractère. La variété de ses vallonnements est d'une uniformité qui les rend monotones. Elle est close sur elle-même, ensommeillée, taiseuse. Ne suscitant aucune élévation dans l'ordre des sentiments et des désirs, elle a inspiré une architecture à son image : des bâtisses carrées, massives, solides, aux toits à faibles pentes, aux pierres d'angle grossières conservant des arêtes vives, aux fenêtres étriquées et enfoncées comme des meurtrières. Chacune des fermes qui émergent çà et là d'un repli du terrain ou à un tournant oppose une allure imprenable de forteresse, exhale un esprit de défiance que soulignent l'aspect inhospitalier des abords, le caractère bâclé des constructions adjacentes laissées à moitié démolies ou encombrées d'épaves, d'instruments aratoires au rebut, de déchets, et entretient dans la contrée un climat arriéré, fruste, mérovingien, barbare.

Il n'empêche : sans recourir à l'histoire de ces terres rudes jadis parcourues par les loups et les brigands dont il fallait bien que les paysans se défendent et qui ont, durant de longues périodes, à ce point inoculé la terreur dans les esprits qu'ils en ont conservé de génération en génération le réflexe, je ne leur trouverai jamais une apparence rébarbative. Plus exactement, celle-ci n'empêchera jamais l'émotion de surgir en moi à leur vue, jamais ne s'interposera dans la rencontre purement spirituelle que je fais avec elles. Ainsi, alors que la micheline monte toujours, ce dont on ne se rend compte qu'à son allure mesurée et poussive, il me semble que je m'élève moi-même, que tout mon être est aspiré au-delà de moi par l'attente dans laquelle les lignes mêmes du paysage, comme tendues, m'apparaissent prises.

Les courtes haltes à La Roche puis à Nus, gares ramenées, à l'instar de leur nom et des localités desservies, aux dimensions de guérites de garde-barrière, où la micheline donne l'impression de ne s'arrêter que pour reprendre souffle, ne me divertissent pas de ma béatitude. Par la vitre abaissée, je ne résiste pas à pencher ma tête au-dehors. J'observe les flancs vibrants de l'autorail et ses bajoues gonflées, en profil perdu, qui avancent sur les rochers et les talus bordant la voie, exprimant son effort. Le vent rejette mes cheveux en arrière, applique sur mon front une pression fluide qui me manque aussitôt que je me mets à l'abri.

Aux bossellements chauves des premiers escarpements succèdent à présent des prairies creuses prises dans le moutonnement de plus en plus étendu des bois de pins qui dissimulent des amoncellements de blocs et les tapis griffants des airelles. Je ne peux les entendre et cependant la sensation des craquements ténus qui s'élèvent sans cesse de ce type de forêt sous l'effet de dilatations et d'étirements infimes m'est donnée par la couche d'air tremblé qui voile leurs sombres couvertures sous l'action de la chaleur. L'altitude allège maintenant d'un poids, délivre le corps d'une pellicule caoutchouteuse, le libère d'un harnais, provoque des envies de s'ébrouer et de s'ébattre. Le ciel plus bleu comporte un fond de luminosité dorée qui plaque sur toute forme un vernis et individualise dans les touffes en bordure du ballast, ployées par le déplacement d'air qu'occasionne le passage du train, chaque tige. Tout cela fait un peu sur moi l'effet d'une annonce. À l'atmosphère bon enfant, jacassière, avec des pointes de trivialité, qui règne à l'intérieur de la micheline, s'oppose la solennité que sa progression lente ne laisse pas de donner à son ascension.

Ce même paysage, je ne le considérerai pas au retour, je n'aurai pas seulement idée de nettoyer la vitre de la buée qui me le voilera. Prostré, je resterai habité par l'image des visages de mon cousin et de ma marraine imprimée au fond de ma rétine, il me faudra longtemps pour émerger de l'hébétude dans laquelle me plongera le déchirement des adieux.

Ce sera le matin, il est vrai, je ne serai pas tout à fait réveillé. La contrée ne me présentera pas la même physionomie dans la descente. Elle ne se déploiera pas dans un mouvement d'offrande, je la sentirai statique, indifférente, s'effaçant dans le geste de dessaisissement de ses talus qui s'esquiveront sans résistance sur le passage du train dévalant. Mais c'est le chagrin surtout qui voilera mes yeux et me maintiendra dans un état de bouderie morose. Sans aller jusqu'à lui en vouloir, j'éprouverai une vague rancœur envers ma mère qui me semblera complice de lois intransigeantes, ou sans volonté pour les détourner. Je ne comprendrai pas, la sachant si rétive au climat de Saint-Claude et la devinant tendue à l'idée d'y être à nouveau prisonnière, qu'elle se soumette sans délai au devoir d'y retourner.

Elle-même se taira. Elle me sourira. Elle s'efforcera par ce sourire à la fois de me témoigner sa compréhension et de dissimuler sa propre peine. Je me soustrairai au geste compatissant de ses doigts dans mes cheveux ou sur ma joue, geste qui aura le don de gonfler brusquement ma tristesse jusqu'à me porter au bord des sanglots. Elle n'insistera pas. Ou bien elle trouvera une formule consolatrice, aussi peu efficace que lorsque je me blottis contre elle devant un film dont les images me font peur et qu'elle me chuchote à l'oreille qu'il ne faut pas prendre l'histoire pour vraie, que c'est du cinéma. Elle m'assurera que nous reviendrons, elle me répétera que je dois retourner à l'école, elle me garantira que j'aurai plaisir à retrouver mes camarades, mes maîtres. Elle me décrira un futur imminent que je redouterai en effet moins pour moi que pour elle et qui contribuera à confirmer la parenthèse de bonheur désormais refermée comme exceptionnelle, presque illicite.

Je ne repenserai pas dans le détail à ce séjour, je ne regretterai pas les jeux et les chamailleries avec mon cousin, je ne tiendrai pas le compte des moments qui ne me reviennent en mémoire qu'aujourd'hui, je ne saurai pourquoi je serai malheureux, je m'affligerai seulement d'un sentiment de coupure radicale, je ressentirai comme jamais avec autant d'intensité peut-être la nature irrévocable de toute séparation, puisque même l'assurance de revenir à Saint-Bonnet n'adoucira en rien ma douleur au moment où la cité s'éloignera, s'escamotera, s'immatérialisera en arrière de nous dans l'absence.

Du fait de la buée au bas des vitres et de l'inclinaison de l'autorail dans la descente, seul le ciel s'inscrira dans l'encadrement des fenêtres, seuls les bancs de brume ou les nuages s'offriront à mon regard qui finira par s'y noyer, et mon chagrin avec.

Ces formes cotonneuses m'aspireront dans leurs fibres effilochées, dénoueront ma tension, me tiendront suspendu un moment dans le vide, au-dessus d'aucun pays, hors de la terre, le temps suffisant pour que j'oublie et qu'à nouveau mes yeux s'ouvrent sur le dehors.

C'est en effet d'un état étrange et presque somnambulique que je me souviens à propos de notre départ de Saint-Bonnet, de notre trajet dans les ruelles sonores puis le long de la place du marché, de notre attente sur le quai face à la coquette gare ocre et brune, entre le cimetière et la ville, au creux du faible ravin qui sépare le mont Mil du piton sur lequel s'étagent les maisons autour de la collégiale, dans les tonalités grises du petit jour et alors que la fraîcheur transforme en bouffées de vapeur les souffles qui s'échappent de nos bouches.

Nous avons traversé les voies et nous nous tenons sous l'auvent destiné à abriter les voyageurs pour Saint-Étienne. À cette heure encore matinale nous sommes tout au plus une dizaine, épars, inconnus les uns des autres et ne cherchant pas à favoriser les rapprochements. La nécessité que chacun a de quitter la ville pèse comme une sanction qu'il serait désagréable ou fastidieux d'avoir à expliciter, elle isole comme une honte.

J'observe, sur la facade, l'horloge dont la grande aiguille se déplace par à-coups. Je surveille un peu plus loin le marteau prêt à frapper sur la paroi d'une grosse sonnette grise dès que la micheline ne sera plus qu'à quelques minutes, l'annonçant ainsi par un relais dont elle déclenche probablement le mécanisme à son passage. En amont, l'arche du pont qui relie les flancs du fossé évasé au fond duquel passe la voie ajoutera au caractère majestueux de son arrivée.

Sur le bâtiment de la gare, le nom de Saint-Bonnet-le-Château s'étire en lettres blanches sur une longue plaque émaillée bleu nuit. Ce nom me surprend. La localité qu'il étiquette est loin pour moi de s'y résumer, du moins dans ce code graphique sous lequel je n'ai jamais eu à l'identifier, car la sonorité que la lecture de ces lettres éveille me pince aussitôt le cœur, mais je ne parviens pas à reconnaître vraiment ce que ce nom évoque pour moi sous l'assemblage des lettres qui le composent. Et puis soudain je me rends compte qu'il ne m'en reste précisément plus que cela : je suis désormais à l'extérieur, refoulé, étranger. Je voudrais m'emparer de ce nom, je ne supporte pas de le voir me soustraire, en le désignant, le lieu que je quitte.

Je serai plus indigné encore, plus tard, en découvrant la nature on ne peut plus commune de cette dénomination dont l'origine remonterait à un moine référendaire dont la dépouille, acheminée depuis l'abbaye de l'Île-Barbe, au voisinage de Lyon, jusqu'à Clermont-Ferrand qui tenait à la rapatrier, aurait valu des miracles aux localités qui l'avaient accueillie et qui, en reconnaissance, avaient adopté son nom. Sur une carte, on peut suivre en effet le trajet de ce cortège mortuaire riche en prodiges : Saint-Bonnet-de-Mure, Saint-Bonnet-de-Galaure, Saint-Bonnet-le-Froid, Saint-Bonnet-le-Château, Saint-Bonnet-le-Courreau, Saint-Bonnet-le-Chastel, Saint-Bonnet-le-Bourg, Saint-Bonnet-lès-Allier, sainte litanie de Bonnet, doucereux diminutif de « bon », sans doute, ou doublet de Benoît, qui signifie « bon » et « doux ».

Seule maman, au matin de notre retour, mais conformément à son habitude, s'est montrée pressée. Et, pas plus que sa sœur ne supportant les scènes d'adieu, elle n'a pas souhaité que celle-ci nous accompagne. Ma marraine a la sensibilité à vif. Frêle femme blonde de peu d'années plus âgée que ma mère, elle n'a pas encore connu les maternités qui la tiendront plus tard aux tâches ménagères et aux soins accaparants de sa marmaille. Elle est très attentive à sa toilette, particulièrement à son opulente chevelure qu'elle remonte, à l'aide de peignes et d'épingles, en une savante construction de volumes qui chatoient à la lumière comme les bosselures d'un calice ou d'un casque.

Elle est rayonnante, volubile, tendre, vive, comique. Elle parle sans réserve, avec des haussements d'épaules, de grands gestes, des virevoltes, des arrêts subits. Elle apparaît toujours un peu emportée, ou indignée, ou péremptoire, mais elle témoigne tout aussi vivement de ses ferveurs et de son enthousiasme, ponctuant ses louanges de longues exclamations et de hochements appuyés de la tête. Les intonations de sa voix couvrent plusieurs registres tout en conservant un fond de douceur qui atténue ses éclats, lui interdit la sévérité, trahit en permanence une disposition foncière à l'attendrissement. On ne résiste pas à son sourire et moins encore à son rire qui transforme en fête tout repas ou toute promenade avec elle. Une vocation de pitre lui inspire souvent des pantomimes, des grimaces désopilantes. Elle console, elle excuse, elle complimente, elle épanche par une infinité de mots doux qu'elle invente une tendresse dont on se sent l'objet exclusif et comme indispensable. Elle éprouve sans cesse le besoin de donner, elle va au-devant des envies qu'on pourrait formuler, elle ne sait pas résister aux demandes qu'on lui fait, elle dispose toujours de gâteries, d'idées de gourmandises à s'offrir.

Les larmes lui viennent aux yeux tout aussi facilement, avec une spontanéité qui confond. Il suffit d'évoquer un malheur ou une souffrance pour que son imagination les lui donne à éprouver autant que si elle en était le témoin ou les vivait sur-le-champ. L'émotion ne rencontre aucune résistance en elle, elle la submerge, l'étreint, la serre à la gorge, défigure et rougit son visage dans une explosion de pleurs qu'elle ne peut contenir et qui bouleverse plus que ce qui la cause. Une sensibilité aussi vive lui rendrait insupportable la vision de notre montée dans la micheline, nos gestes d'adieu, notre éloignement qui lui ferait l'effet, et à nous-mêmes par ricochet, d'un arrachement, de je ne sais quelle arrestation fatidique et irrévocable. C'est à peine si, en nous voyant nous vêtir et nous emparer de nos valises, elle n'éclate pas en sanglots. Elle garde le sourire mais le contour de ses paupières rougit, un début de larmes trouble ses yeux qui brillent de lueurs tremblotantes, et il y a dans ses embrassements pathétiques l'expression d'un si fort désir de nous retenir qu'ils nous poussent nous-mêmes à pleurer.

C'est à cette fragilité extrême, à cette absolue franchise des rapports avec elle que ma marraine réunissait à mes yeux toutes les vertus, et que gagner Saint-Bonnet équivalait pour moi à rejoindre sinon le paradis du moins un lieu imprégné encore des qualités que l'on attribue à l'âge d'or.

Ses réactions totalement affectives renvoyaient à un idéal de parenté, d'intimité, de communion dont le réel nous montrait assez qu'il était utopique mais qui n'en gardait pas moins, y compris sur maman, une violente force attractive. Et son regard sur moi, par moments, s'abandonnant tout entier à la contemplation de ce que j'étais, d'une qualité d'accommodation que je ne voyais pas à celui de ma mère tout simplement parce qu'il l'avait en permanence et que chez elle je la trouvais naturelle, me suggérait capable par ma présence de procurer une telle joie que je n'aurais su trouver à ma vie de justification plus évidente.

Comme auprès de mes grands-tantes de Saint-Chamond et comme ce serait encore le cas, quoique dans une moindre mesure, auprès de mes oncles de Rive-de-Gier, j'avais le sentiment que ma marraine me voyait plus important que je ne l'étais, ou illuminé d'une sorte de prédestination, rayonnant de l'éclat qui avait été posé sur moi par un amour plus absolu encore. Le prix que j'ai eu aux yeux des autres et singulièrement à ceux de ces deux femmes, prix dont mon cousin, de six mois moins âgé, n'a pas bénéficié autant, il m'a toujours semblé qu'il était tributaire de celui que ma grand-mère avait attaché au nourrisson sur lequel elle avait tenu, durant ce qui allait être la dernière année de son existence, à veiller jalousement. Le regard qui ne se démentirait jamais au fil des ans, plus respectueux qu'admiratif, plus intimidé, plus décontenancé qu'attendri, de ma tante et de ma mère sur moi renvoyait à la dimension hors du commun que leur mère leur avait appris à considérer dans ma personne, ou dont elle avait fini par les convaincre. Je le savais parce qu'elles me le disaient, non en ces termes bien sûr, mais en ne manquant jamais une occasion de me raconter la façon dont ma grand-mère me prenait dans ses bras, dont elle me berçait pendant des heures, n'admettant pas qu'on me laisse pleurer, m'entourant en permanence de sa sollicitude, de son abnégation, de sa tendresse. De retour à Saint-Bonnet, dans la ville et sur les lieux où mon être avait été pris dans le berceau d'une telle considération, il ne fait pas de doute que, sinon dans ma conscience du moins dans mes cellules, la mémoire devait m'en revenir.

Maman et sa sœur recréaient, aussitôt qu'elles se trouvaient ensemble, le climat qui avait été pour moi, autant que pour elles d'ailleurs, celui du plus grand et du plus profond amour, et, dans l'atmosphère que suscitaient leurs intonations, leur familiarité, leur complicité retrouvée de sœurs, dans l'odeur de pin aussi qui s'exhalait de la caisse à bois et celle de la cire du bahut, dans les grincements des portes de celui-ci et les tintements de la cruche contre l'évier, j'identifiais un à un des éléments qui, s'unissant comme les pièces d'un puzzle, reconstituaient plus que la somme de leur combinaison et presque une présence, je sentais les composantes du monde s'infléchir autour de moi dans des dispositions pénétrantes et douces qui me procuraient un bonheur indicible, j'étais tenu en alerte, hissé à un point d'attente extrême. Parce qu'elles en étaient imprégnées dans leurs gènes mais aussi par mimétisme, investies dans leurs inflexions et dans leur langage, dans leurs gestes et leur comportement à notre égard, par la nature toute de dévotion et de chaleur qui avait été celle de leur mère, ma marraine et ma mère prolongeaient indéfiniment les manifestations d'une tendresse qui constituerait à jamais, pour mon cousin et pour moi, le climat idyllique de notre enfance.

J'ai reçu le privilège d'avoir été élevé par des femmes admirables. Cela suffit à expliquer le tempérament plutôt paisible, comme définitivement apaisé, dont je dispose si je le compare à la rancœur déchirante dont sont rongées les personnes qui ne peuvent entretenir, pour ne pas savoir ce que c'est que d'avoir été aimé, qu'une inextinguible soif de pouvoir ou une frustration plus mutilante encore. Ma grand-mère n'a pas eu le temps de me connaître mais il a suffi, alors qu'elle se mourait, qu'elle ait eu en mon possible une foi inébranlable pour que cette foi m'ait porté et me guide toujours.

Je vis sur ce souffle qui m'a lancé. Je m'appuie sur cette conviction qui ne m'appartient pas et sur laquelle je peux toujours revenir. Même en me trompant sur mon compte, en m'illusionnant sans doute sur mes facultés, en m'incitant à projeter une image de moi idéalisée, elle m'assure d'avoir été, et ce indéfectiblement, l'objet d'un amour qui me donne toujours de m'avancer vers les autres porteur de cette prédilection, illuminé de ce rayonnement, investi du devoir de ne pas décevoir, fort de ce secret qui m'est à moi-même secret. Et parce que ma grand-mère jamais ne se serait permis de fixer une forme à mon devenir, je sais que jamais je ne l'aurais déçue pourvu que je fusse fidèle à cet antécédent de ferveur déposé en moi comme une dignité, dont je ne possède pas l'objet, dont je ne saurais trouver la cause, qu'elle-même n'aurait su expliquer, mais qui me charge toujours d'en être l'écho et m'inspire de voir à mon tour à chacun l'individualité irréductible qu'il apporte au monde.

Me rendre à Saint-Bonnet-le-Château était rejoindre un lieu dans lequel j'avais l'assurance de me trouver non seulement accueilli mais situé dans une généalogie, une histoire, une fable, avec ce que cela comporte d'intégration et de noblesse. C'était aussi revenir, un peu à la façon des chevaliers de la

Table ronde ou des guerriers partis en croisade, auréolé d'aventures, mûri par les épreuves, enrichi de connaissances, et escompter de mes transformations qu'elles suscitent une sorte de déférence à mon égard ou accroissent du moins l'intérêt qu'on pouvait me porter.

Et tout, précisément, dans l'allure de la micheline serpentant sur les plis des ravins, gravissant vaillamment les rampes, s'élevant toujours, s'associait dans mon imagination à des idées de traînes, de cortèges, de caravanes : les torsions de la rame, sa livrée beige et rouge, les panaches des gaz qui couronnaient son front comme l'aigrette d'un chapeau ou la bannière brandie d'une oriflamme. La modestie des gares et des villages qu'elle desservait donnait à ses arrêts, qui occasionnaient de colorés attroupements d'enfants gesticulants et gouailleurs, un air de condescendance épiscopale, de halte débonnaire accordée par un seigneur ou un abbé à des ouailles rassemblées sur son passage. Les regards que je croisais parmi mes congénères, issus de visages qui sous la grimace du sourire trahissaient de l'envie et, pour certains, une timidité proche de la vénération, contribuaient à renforcer le sentiment que j'avais de mon privilège et me le donnaient à savourer plus encore. Avec une parfaite unanimité ils lançaient de grands signes des bras quand la micheline repartait, et leurs têtes tournant toutes ensemble en suivant le déplacement du convoi parvenaient à éveiller en moi une émotion assez semblable à de la pitié, qui me rendait presque insupportable l'idée de leur sort de laissés-pour-compte. Les plus hardis tentaient de nous suivre en courant sur la route ou le chemin qui longeait la voie. Sur quelques dizaines de mètres ils parvenaient à se maintenir à hauteur de l'autorail mais insensiblement celui-ci leur échappait et bientôt, une courbe l'écartant, ils disparaissaient à l'arrière des wagons ou sous l'avancée du talus dans mon champ de vision.

La micheline retrouvait la solitude des prairies et des bois. Du fait de l'heure, l'ombre des versants s'allongeait au cœur des vallons mais, de derrière les crêtes, les rayons du soleil transperçaient les feuillages et se diffractaient à travers les troncs en faisceaux dardés et scintillants comme des gloires.

Au fur et à mesure que nous approchions de notre but, le paysage se mettait un peu plus au diapason de mon cœur. Dans la façon dont la lumière du soir exaltait le relief des formes sereines, chargeait l'atmosphère limpide d'une sorte de pétillement doré évoquant le sourire, le bonheur auquel je me voyais toucher s'annonçait à chaque tour de roue plus grand que ce à quoi j'avais aspiré, et la crainte de ne pas disposer des facultés pour le supporter se transformait presque en angoisse.

La fébrilité me prenait tout à fait à partir de Luriecq. C'était la dernière halte avant Saint-Bonnet mais avec ce nom, surtout, c'étaient les sonorités propres à toute la contrée qui tintaient soudain à mes oreilles, cristallisées dans la dernière syllabe des noms portés par les localités éparpillées autour de Saint-Bonnet et retentissant bien au-delà de ses deux tours comme les semailles à tous vents de leurs cloches : noms en -ecq encore, tels Ulliecq, Geneviecq, Leignecq, Joanziecq ; en -ol comme Marols, Épisols, Viverols, Montcoudiol ; voire, un peu plus loin en direction de La Chaise-Dieu, noms dotés de cette rime qui m'a toujours envoûté : Sauvessanges, Tiranges, Prolanges, Jullianges, Martinanges...

Certainement pour faire taire les prières anxieuses dont je la serinais, maman retirait nos bagages des filets. Nous nous apprêtions. Je gardais les yeux sur l'ondulation des remblais et des talus du côté où je savais que devait surgir, dans l'un de ses creux, le profil caractéristique de Saint-Bonnet. Mais je m'y attendais toujours trop tôt, l'ouverture que je croyais la bonne se refermait sans m'avoir rien livré. Et puis, s'inscrivant dans la partie supérieure des fenêtres, étrangement précise par rapport au premier plan hachuré, l'image tant rêvée se déployait enfin tandis que la micheline ralentissait : tournant lentement sur elle-même, perchée sur son pic dans le bleu pur du ciel, c'était la collégiale avec à ses pieds tous les toits massés, orange, de la cité médiévale.

Parmi les silhouettes des voyageurs et des personnes qui les attendaient, dans la petite salle assombrie de la gare, sa blondeur et son sourire soudain éclataient : comme moi elle demeurait figée en me regardant, les sourcils haussés, les yeux écarquillés, la bouche ouverte, avec une expression qui voulait traduire la joie mais ne pouvait dissimuler la stupéfaction que procure toujours le réel et qui fait un instant hésiter, comme si les gestes auxquels on se préparait menaçaient de se révéler incongrus. Bien vite cependant le sourire achevait de se répandre dans la physionomie de ma marraine, elle se précipitait vers moi en même temps que je me précipitais sur elle et l'étreignais aussi fort que je le pouvais.

Il n'y avait certes aucune différence, ni en degré ni en nature, entre son affection et celle, si entière et permanente, que me vouait ma mère ; simplement, l'affection passait à travers elle par le filtre de l'altérité et m'en était plus visible parce qu'elle y était rendue plus démonstrative, que j'en voyais plus nettement la force et l'exclusivité, qu'elle m'arrivait en quelque sorte de plus loin, du cœur de l'ailleurs, du fond des temps. En entendant sa voix, en retrouvant les inflexions de son timbre, je me sentais vraiment revenu, assuré d'avoir franchi le seuil de la demeure toujours un peu incroyable du bonheur.

Tandis que les deux sœurs se tournaient maintenant l'une vers l'autre, empressées d'amorcer la conversation ininterrompue qu'elles allaient entretenir durant notre séjour, je retrouvais un peu de ma faconde et cet air de supériorité que je me croyais en devoir d'avoir avec mon cousin : nous nous plaisantions, nous échangions des bourrades, il se retenait encore d'entrer dans les taquineries que pourtant il brûlait d'envie d'engager, mais nous parcourions déjà dans les yeux l'un de l'autre le vaste programme de courses à travers champs et de balades dans les bois, de disputes et de parties de fous rires, de jeux et de sottises que nous n'allions pas tarder à entamer.

Les connaissances que nos mères croisaient sur le chemin de la gare au vieux quartier de La Châtelaine nous arrêtaient à tous les coins de rues. Nous devions en éprouver de l'impatience et cependant c'est mon attention à l'invisible de la ville, à la saveur de l'air, à la senteur qu'y avait là la vie, que je me rappelle. Oui, tout de suite, avancer dans les rues tortues, entre les façades resserrées des vieilles maisons, dans l'acoustique sonore de la pierre et des pavés, s'imposait à moi comme un acte que je ressentais la nécessité d'accomplir avec gravité. Il me semblait que de la bienveillance transparaissait dans la consistance du granit amati par l'usure. Je croyais éprouver sur mes épaules le poids d'une attention qui me privilégiait, m'entourait, me grandissait. Sans en avoir conscience mais dans un état d'âme où se mêlaient déception et exaltation, je rendais visite à une absence.

En tout point opposée à celle de Saint-Claude, la configuration de Saint-Bonnet-le-Château n'éveillait aucune image dans ma mémoire mais m'alertait par tous les sens : c'était l'espace lui-même qui, ici, était souvenir, comme s'il avait été porteur d'atomes que mes fibres reconnaissaient, comme si la tendresse dont j'avais été bercé dans ma petite enfance avait imbibé pour toujours le pays où je l'avais connue. C'était une sensation qui ne me quittait pas. Tout témoignait de ma prérogative d'être qui j'étais.

Au cours des commissions dont je me chargeais volontiers comme au cours des déplacements que les jeux avec mon cousin m'amenaient à multiplier, je sentais qu'aux yeux des commerçants, des clients, des armuriers dans leur échoppe, des personnes assises sur le pas de leur porte et qui me considéraient avec une certaine insistance, se détachait de mon visage une autre figure qu'on avait plaisir à faire revivre. Quand l'un ou l'autre m'interpellait par mon prénom alors que je n'aurais su mettre un nom sur l'adulte qui me sollicitait et tentait d'engager une conversation que l'émoi m'empêchait de tenir, la façon dont l'accent de la Loire modelait les mots qui m'étaient adressés me donnait l'impression de paroles venues de plus loin, d'une voix perdue dont celles qui m'atteignaient ne se voulaient que l'écho.

Le souvenir encore vivace que ma présence éveillait donnait aux regards une nuance de respect que je devinais attribuable à la personnalité dont avait été dotée ma grand-mère et, en même temps que de la fierté, j'en éprouvais pour elle une curiosité exacerbée, j'aurais voulu qu'on me parle d'elle, qu'on me la décrive, qu'on me la raconte.

Ce que je n'aurais su demander aux gens du pays, il me semble que je le demandais au pays lui-même. Je marchais quelquefois dans les rues avec la volonté de mettre mes pas dans les siens. J'essayais de l'imaginer se rendant à l'église, le dimanche, tout de noir vêtue, grande, mince, le regard pourtant si doux. Je savais qu'elle se signait à chaque fois qu'elle passait sous la statue de Notre-Dame de La

Châtelaine placée sous la voûte d'une des portes des remparts. Je regardais avec ferveur les personnes de sa génération qui l'avaient fréquentée et en parlaient avec admiration.

Il arrivait qu'au cours de nos escapades nous nous rendions jusqu'au lavoir. Il restait encore quelques planches dont celle, peut-être, sur laquelle elle avait glissé, tombant chapeau en tête dans le bassin. Quand nous en remontions, le bruit de la pierraille roulant sous nos semelles m'aidait à imaginer celui de la roue ferrée de la brouette dans laquelle elle transportait son linge. Partout où nous menaient nos déambulations désœuvrées, des Fauchés à La Bernarde, des murailles à la porte Mandrin, je pensais à elle, avais toujours, brusquement, l'idée d'en chercher la trace. Mais j'étais un gosse, aussi, loin de tout ce que je ne comprends qu'aujourd'hui.

J'aimais particulièrement me rendre chez la dame qui avait été longtemps sa voisine. Timide, même avec un enfant comme j'étais, elle ne m'en parlait pas, mais chez elle c'était autre chose qui me rapprochait de l'absente : la pauvreté de l'unique pièce éclairée par la fenêtre donnant sur le ciel, et surtout cette odeur pénétrante de pin et de résine. Alors me revenait la seule scène que j'aie conservée de mon intimité avec ma grand-mère : j'étais seul avec elle et elle me faisait faire mes premiers pas autour de la table en chantonnant : « Promenons-nous dans le bois / Pour voir si le loup n'y est pas... » Je suppose qu'en ces paroles vibrait sa passion pour les forêts où elle passait de si fréquents après-midi, en rapportant des bouquets de myrtilles ou des brindilles et des sacs de « babets » pour allumer son feu.

Mais, sous la nef des hauts fûts rouges où les craquements des aiguilles sous les pas et le sifflement modulé du vent dans les branches n'entamaient pas un essentiel silence, sans doute se recueillait-elle sur sa plus secrète, sa plus intime et incommunicable blessure, et là, moi-même je n'aurais pu aller plus loin en elle.

Je me souviens enfin que, dans cette disposition à l'affût où j'étais de manière latente mais continue, j'obligeais mon cousin à m'ouvrir le grenier. Sous le crépitement infime des tuiles surchauffées et dans la chaleur piquante de poussière, nous étions saisis par l'immobilité des objets oubliés. Nous nous approchions des lucarnes que voilaient des toiles d'araignées épaisses. Nous découvrions, figés ailes ouvertes, des papillons morts, et j'éprouvais alors le même mélange d'horreur et de fascination que devant les fameuses momies conservées dans une crypte de la collégiale.

Ainsi étais-je amené au cimetière, inexorablement, sur sa tombe. Mais que pouvais-je rencontrer sous ce carré de terre sableuse qui opposait à mon regard l'opacité de ses grains avec une évidence obstinée, une sorte d'apparence narquoise ? Je n'avais pas connu ma grand-mère. Elle était morte alors que j'avais tout juste un peu plus d'un an. Entre le nourrisson sans mémoire que j'étais et cette femme qui se savait mourante, que s'est-il passé pour qu'aujourd'hui encore je sois pris au piège de le chercher ? Elle ne me verrait pas adulte, d'elle je n'aurais jamais aucune image de vivante.

Je me voyais avec ébahissement dans l'incapacité de penser ou seulement de ressentir ne fût-ce que l'amorce d'une émotion. Si tant est que je me fusse rendu là dans l'espoir d'une rencontre, force m'était de constater que le mutisme et l'immobilité de sa tombe n'avaient rien pour la distinguer des autres parmi lesquelles, d'ailleurs, je n'avais pas été sûr de savoir la retrouver. J'en parcourais des yeux les éléments : la bordure de ciment qui délimitait de façon plus symbolique que réelle son espace, la stèle maigre qui mettait à hauteur des yeux du passant le souriant visage de ma grand-mère sur un petit médaillon ovale, en porcelaine, à côté de l'inscription gravée de son nom et de ses dates.

Je ne parvenais pas à m'imprégner du sens de ce dispositif commémoratif qui me semblait parcellaire. La ferveur que je voulais entretenir et dont je comptais témoigner s'égarait sur des vides et s'éparpillait. Je n'aurais pas demandé mieux que de localiser le cercueil, voire d'imaginer le corps étendu, ma pensée eût trouvé un point d'ancrage, je serais entré dans une contemplation sans plus de dialogue que celle que l'on a devant le visage des morts mais où j'aurais eu le sentiment au moins d'offrir ma présence, ma patience. Sur ce parterre de sable sous lequel j'ignorais à quelle profondeur et à quel emplacement se trouvait la dépouille, il était refusé à mon regard la moindre possibilité d'accommodation, et le désarroi dans lequel me mettaient les questions saugrenues et à tout le moins vaines que je me posais m'empêchait bien sûr le moindre recueillement.

Superficielle, frivole, ma pensée papillonnait au gré des constats sans suite que mes yeux me donnaient de faire selon leurs capricieux déplacements. Je notais l'affaissement de la croix sur son support de fer, les traces des dents du petit râteau qui avait égalisé le sable après qu'on l'avait nettoyé des pousses d'herbes, les ternissures du vase où l'on déposait les fleurs, la ligne de scellement de la stèle sur son socle. Il ne me venait pas à l'esprit de trouver une signification à tout cela. En l'absence de réflexion, il n'était pas question que je perçoive la portée spirituelle ou cultuelle de ce décorum. Je voyais moins les formes que la matière : la pâte grise du ciment incrusté de minuscules mousses, la granulation du sable, la rouille du fer, les ocelles nacrés dans le marbre noir de la croix, la pigmentation rose de la stèle lisse et polie, et même la photographie sur laquelle j'étais porté plus fréquemment à revenir, elle s'estompait à mes yeux sous la stimulation strictement sensitive de son vernis et de la consistance grenue de la porcelaine, où le fait de savoir comment s'y fondait l'image me divertissait sans cesse de son observation.

Une attention aussi primesautière ne fixait pas longtemps mes sens sur le même détail et ne les tenait pas non plus sur les seuls éléments de cette tombe. Bien vite elle s'élargissait à la coupole de silence qui surplombait le cimetière et le confinait dans une atmosphère éthérée où, comme en un point élevé offrant un panorama sur une ville, la rumeur des activités extérieures me parvenait considérablement étouffée, avec seulement de temps à autre l'écho de bruits distincts, tintants, lesquels ne retentissaient pas, du reste, au cœur même du cimetière mais seulement sur les parois de son silence, et tel était le cas en particulier des sons pleurés que produisaient des entrechoquements de métaux dans l'aire de la gare toute proche, sur les voies de service où l'on devait charger ou décharger des wagons, constituer peut-être un convoi, provoquant ainsi des heurts intermittents de tampons.

Sorti de ma tentative de recueillement sur la seule tombe à même de ne pas me paraître étrangère, je portais les yeux sur ses voisines et glissais sur leur alignement, sur les allées le long desquelles la diversité des monuments trahissait une compétition étrange, la qualité des marbres et la richesse des décorations suggérant des étals de démonstration soumis à on ne savait quel concours auprès d'on ne savait quel jury. En dépit de leurs dissemblances, ces tombes avaient toutes la même forme et leur succession m'apparaissait comme des rangées de hauts fauteuils de pierre, plus ou moins confortables mais invariablement inoccupés, et dont le vide soulignait l'impression d'une assemblée absentée.

En un lieu aussi solennel, j'avais mauvaise conscience à ne pas accéder au degré de gravité qu'il me semblait requérir, mais je n'ai jamais su ce qu'est la prière. Plutôt que de me concentrer sur le monde intérieur de la réflexion et des souvenirs, le silence m'écarquille sur l'immédiat dont m'absorbe aussitôt la manifestation monstrueuse, écrasante. Aussi, venu déposer aveuglément sur une tombe ma reconnaissance, étais-je insensiblement conduit à porter les yeux ailleurs que sur elle, d'abord sur la forme qu'elle-même et ses semblables donnaient à l'invisible, tels ces pans tronqués de murs, ces tronçons de colonnes, ces traces de palais dans les champs de ruines, puis je les dirigeais vers la ville sur laquelle le cimetière offrait, en raison de sa surélévation et de sa déclivité, un large point de vue. Alors, encadré par les torches sombres des épicéas et des cyprès qui lui donnaient de la profondeur, le décor des toits rouges dominés par la collégiale aux deux tours massives, aux larges flancs, à la pierre grise et jaune, me présentait le tableau d'une paisible et parfaite harmonie.

Dans une hébétude ravie, en l'absence totale de désir, j'assistais au face-à-face des toits et des tombes, je ne ressentais nulle impatience de m'en aller. Bien au contraire, la position que j'occupais entre les activités des hommes et l'oisiveté suprême de leurs dernières demeures, entre les rythmes par lesquels ils savaient exprimer dans leurs constructions leurs élans, leurs tensions, leurs prières, et le néant qui les récupérerait l'un après l'autre, me situait à une place où je me coulais avec une sorte de béatitude, et c'est alors que les sensations, les sentiments, la méditation, le recueillement que je désespérais d'atteindre m'arrivaient, sous la forme d'une voix inconsistante et diffuse, fragile, inintelligible mais suffisamment prégnante pour me méduser.

Je n'aurais pu dire en quoi et pourquoi, mais je savais que j'étais parvenu sinon au but du moins à un moment et en un lieu où s'épuisait l'énergie dont j'avais soudain débordé dans la perspective de notre voyage. Je n'avais rien trouvé, le néant ne me faisait toucher que mon néant, tout laisse à penser que je m'étais fabriqué des chimères, mais là, entre les tombes, retenu par le pétillement de la brume qu'exhalaient entre les toits les pas et les pensées des êtres, tout en moi se dénouait, alimentait une contemplation sereine, se résolvait en une plénitude inexplicable et pareille à celle que procurent le retour progressif à un rythme normal de respiration après l'essoufflement, le lent effacement de la palpitation qui trouble la vue à la suite d'un violent effort, la détente des muscles, des nerfs, le calme d'être.

De tous les Noëls que j'ai passés à Saint-Bonnet je ne garde le souvenir que de celui au cours duquel, conformément à mes vœux, j'avais reçu en cadeau une petite micheline. Ce jouet mécanique assez laid ne ressemblait en rien aux autorails que nous prenions, il n'en avait pas même les couleurs, mais il constituait un support suffisant à mon imagination pour remplir la fonction que je lui assignais. Des heures durant je la remonterais et la regarderais faire des tours et des tours sur les rails courbes avec lesquels je ne pouvais confectionner qu'une boucle. Je m'allongeais et posais ma joue sur le sol : les yeux ainsi à sa hauteur, je lui voyais facilement la taille d'une micheline réelle et pouvais fixer le point de tangence des roues sur les rails, où pour moi résidait, en même temps que la spécificité du transport ferroviaire, l'essence énigmatique du plaisir que me procurait son spectacle. Il est évident que par le truchement de ce jouet je tentais de conserver les sensations, les émois, le bonheur de nos voyages à Saint-Bonnet, mais je m'aperçois qu'en les symbolisant de la sorte il exprimait peut-être davantage. C'est durant le voyage, et par extension dans le moyen de transport qui me permettait de l'effectuer, que j'étais au plus près de ce à quoi il pouvait me conduire. Précisément, le circuit monotone de ma petite micheline tournant indéfiniment autour d'un centre vide jusqu'à épuisement de son ressort ne gardait que l'essentiel, ce cheminement lui-même, non moins indéfiniment repris par la parole ou par l'écriture et engendrant des chants, des cris, des formes qui nous charment : cette exploration inlassable de l'absence qui nous fonde.

DU MÊME AUTEUR

Aux Éditions Gallimard

POUR GENEVIÈVE, 1978

LES GARDIENS DES PIERRES, 1980

LE LIEU DES PASSANTS, 1982

LE GOUR DES ABEILLES, 1985

LE VISITEUR DE HASARD, 1987

UNE CHAMBRE DANS LES BOIS, 1989

L'AMOUR NOMADE, 1991

HUIT PETITES ÉTUDES SUR LE DÉSIR DE VOIR, 1991

LA MICHELINE, (Hatier, 1990) 1994, nouvelle édition

PETITES ÉTUDES SUR LE DÉSIR DE VOIR II, 1996

LE VŒU D'ÉCRITURE, 1998

Chez d'autres éditeurs

RÉCIT D'UN GESTE, Sur des peintures de Georges Adilon MEM / Arte Facts, 1984

LE RIRE DE MANDRIN, Belfond, 1993

DIEUX OBSCURS, Belfond, 1994

LE MIROIR AUX PAPILLONS, Belfond, 1995

LE CORPS DU MONDE, Le Seuil, 1997

COLLECTION FOLIO

Dernières parutions

2773. Charles Williams	*Bye-bye, bayou !.*
2774. Avraham B. Yehoshua	*Monsieur Mani.*
2775. Anonyme	*Les Milles et Une Nuits III (conte choisis).*
2776. Jean-Jacques Rousseau	*Les confessions.*
2777. Pascal	*Les Pensées.*
2778. Lesage	*Gil Blas.*
2779. Victor Hugo	*Les Misérables I.*
2780. Victor Hugo	*Les Misérables II.*
2781. Dostoïevski	*Les Démons (Les Possédés).*
2782. Guy de Maupassant	*Boule de suif et autres nouvelles.*
2783. Guy de Maupassant	*La Maison Tellier. Une partie de campagne et autres nouvelles.*
2784. Witold Gombrowicz	*La pornographie.*
2785. Marcel Aymé	*Le vaurien.*
2786. Louis-Ferdinand Céline	*Entretiens avec le Professeur Y.*
2787. Didier Daeninckx	*Le bourreau et son double.*
2788. Guy Debord	*La Société du Spectacle.*
2789. William Faulkner	*Les larrons.*
2790. Élisabeth Gille	*Le crabe sur la banquette arrière.*
2791. Louis Martin-Chauffier	*L'homme et la bête.*
2792. Kenzaburô Oé	*Dites-nous comment survivre à notre folie.*
2793. Jacques Réda	*L'herbe des talus.*
2794. Roger Vrigny	*Accident de parcours.*
2795. Blaise Cendrars	*Le Lotissement du ciel.*
2796. Alexandre Pouchkine	*Eugène Onéguine.*
2797. Pierre Assouline	*Simenon.*
2798. Frédéric H. Fajardie	*Bleu de méthylène.*
2799. Diane de Margerie	*La volière suivi de Duplicités.*
2800. François Nourissier	*Mauvais genre.*

2801. Jean d'Ormesson — *La Douane de mer.*
2802. Amo Oz — *Un juste repos.*
2803. Philip Roth — *Tromperie.*
2804. Jean-Paul Sartre — *L'Engrenage.*
2805. Jean-Paul Sartre — *Les jeux sont faits.*
2806. Charles Sorel — *Histoire comique de Francion.*
2807. Chico Buarque — *Embrouille.*
2808. Ya Ding — *La jeune fille Tong.*
2809. Hervé Guibert — *Le Paradis.*
2810. Martin Luis Guzman — *L'ombre du caudillo.*
2811. Peter Handke — *Essai sur la fatigue.*
2812. Philippe Labro — *Un début à Paris.*
2813. Michel Mohrt — *L'ours des Adirondacks.*
2814. N. Scott Momaday — *La maison de L'aube.*
2815. Banana Yoshimoto — *Kitchen.*
2816. Virginia Woolf — *Vers le phare.*
2817. Honoré de Balzac — *Sarrasine.*
2818. Alexandre Dumas — *Vingt ans après.*
2819. Christian Bobin — *L'inespérée.*
2820. Christian Bobin — *Isabelle Bruges.*
2821. Louis Calaferte — *C'est la guerre.*
2822. Louis Calaferte — *Rosa mystica.*
2823. Jean-Paul Demure — *Découpe sombre.*
2824. Lawrence Durrell — *L'ombre infinie de César.*
2825. Mircea Eliade — *Les dix-neuf roses.*
2826. Roger Grenier — *Le Pierrot noir.*
2827. David McNeil — *Tous les bars de Zanzibar.*
2828. René Frégni — *Le voleur d'innocence.*
2829. Louvet de Couvray — *Les Amours de chevalier de Faublas.*
2830. James Joyce — *Ulysse.*
2831. François-Régis Bastide — *L'homme au désir d'amour lointain.*
2832. Thomas Bernhard — *L'origine.*
2833. Daniel Boulanger — *Les noces du merle.*
2834. Michel del Castillo — *Rue des Archives.*
2835. Pierre Drieu la Rochelle — *Une femme à sa fenêtre.*
2836. Joseph Kesel — *Dames de Californie.*
2837. Patrick Mosconi — *La nuit apache.*
2838. Marguerite Yourcenar — *Conte bleu.*
2839. Pascal Quignard — *Le sexe et l'effroi.*
2840. Guy de Maupassant — *L'inutile beauté.*

2841. Kôbô Abe — *Rendez-vous secret.*
2842. Nicolas Bouvier — *Le poisson-scorpion.*
2843. Patrick Chamoiseau — *Chemin-d'école.*
2844. Patrick Chamoiseau — *Antan d'enfance.*
2845. Philippe Djian — *Assassins.*
2846. Lawrence Durrell — *Le carrousel sicilien.*
2847. Jean-Marie Laclavetine — *Le Rouge et le Blanc.*
2848. D.H. Lawrence — *Kangourou.*
2849. Francine Prose — *Les petits miracles.*
2850. Jean-Jacques Sempé — *Insondables mystères.*
2851. Béatrix Beck — *Accommodements avec le ciel.*
2852. Herman Melville — *Moby Dick.*
2853. Jean-Claude Brisville — *Beaumarchais, l'insolent.*
2854. James Baldwin — *Face à l'homme blanc.*
2855. James Baldwin — *La prochaine fois, le feu.*
2856. W. R. Burnett — *Rien dans les manches.*
2857. Michel Déon — *Un déjeuner de soleil.*
2858. Michel Déon — *Le jeune homme vert.*
2859. Philippe Le Guillou — *Le passage de l'Aulne.*
2860. Claude Brami — *Mon amie d'enfance.*
2861. Serge Brussolo — *La moisson d'hiver.*
2862. René de Ceccatty — *L'accompagnement.*
2863. Jerome Charyn — *Les filles de Maria.*
2864. Paule Constant — *La fille du Gobernator.*
2865. Didier Daeninckx — *Un château en Bohême.*
2866. Christian Giudicelli — *Quartiers d'Italie.*
2867. Isabelle Jarry — *L'archange perdu.*
2868. Marie Nimier — *La caresse.*
2869. Arto Paasilinna — *La forêt des renards pendus.*
2870. Jorge Semprun — *L'écriture ou la vie.*
2871. Tito Topin — *Piano barjo.*
2872. Michel Del Castillo — *Tanguy.*
2873. Huysmans — *En route.*
2874. James M. Cain — *Le bluffeur*
2875. Réjean Ducharme — *Va savoir.*
2876. Matthieu Lindon — *Champion du monde.*
2877. Robert Littell — *Le sphinx de Sibérie.*
2878. Claude Roy — *Les rencontres des jours 1992-1993.*
2879. Danièle Sallenave — *Les trois minutes du diable.*
2880. Philippe Sollers — *La Guerre du Goût.*
2881. Michel Tournier — *Le pied de la lettre.*

2882.	Michel Tournier	*Le miroir des idées.*
2883.	Andreï Makine	*La confession d'un porte-drapeau déchu.*
2884.	Andreï Makine	*La fille d'un héros de l'Union Soviétique*
2885.	Andreï Makine	*Au temps du fleuve Amour.*
2886.	John Updike	*La Parfaite Épouse.*
2887.	Defoe	*Robinson Crusoé.*
2888.	Philippe Beaussant	*L'archéologue.*
2889.	Pierre Bergounioux	*Miette.*
2890.	Pierrette Fleutiaux	*Allons-nous être heureux ?*
2891.	Remo Forlani	*La déglingue*
2892.	Joe Gores	*Inconnue au bataillon*
2893.	Félicien Marceau	*Les ingénus*
2894.	Ian McEwan	*Les chiens noirs*
2895.	Pierre Michon	*Vies minuscules*
2896.	Susan Minot	*La vie secrète de Lilian Eliot*
2897.	Orhan Pamuk	*Le livre noir*
2898.	William Styron	*Un matin de Virginie*
2899.	Claudine Vegh	*Je ne lui ai pas dit au revoir*
2900.	Robert Walser	*Le brigand*
2901.	Grimm	*Nouveaux contes*
2902.	Chrétien de Troyes	*Lancelot ou le chevalier de la charrette*
2903.	Herman Melville	*Bartleby, le scribe*
2904.	Jerome Charyn	*Isaac le mystérieux*
2905.	Guy Debord	*Commentaires sur la société du spectacle*
2906.	Guy Debord	*Potlatch.*
2907.	Karen Blixen	*Les chevaux fantômes* et autres contes.
2908.	Emmanuel Carrère	*La classe de neige.*
2909.	James Crumley	*Un pour marquer la cadence.*
2910.	Anne Cuneo	*Le trajet d'une rivière.*
2911.	John Dos Passos	*L'initiation d'un homme.*
2912.	Alexandre Jardin	*L'île des Gauchers.*
2913.	Jean Rolin	*Zones.*
2914.	Jorge Semprun	*L'Algarabie.*
2915.	Junichirô Tanizaki	*Le chat, son maître et ses deux maîtresses.*
2916.	Bernard Tirtiaux	*Les sept couleurs du vent.*
2917.	H.G. Wells	*L'île du docteur Moreau.*
2918.	Alphonse Daudet	*Tartarin sur les Alpes.*

2919. Albert Camus — *Discours de Suède.*
2921. Chester Himes — *Regrets sans repentir.*
2922. Paula Jacques — *La descente au paradis.*
2923. Sibylle Lacan — *Un père.*
2924. Kenzaburô Oé — *Une existence tranquille.*
2925. Jean-Noël Pancrazi — *Madame Arnoul.*
2926. Ernest Pépin — *L'Homme-au-Bâton.*
2927. Antoine de St-Exupéry — *Lettres à sa mère.*
2928. Mario Vargas Llosa — *Le poisson dans l'eau.*
2929. Arthur de Gobineau — *Les Pléiades.*
2930. Alex Abella — *Le massacre des saints.*
2932. Thomas Bernhard — *Oui.*
2933. Gérard Macé — *Le dernier des Égyptiens.*
2934. Andreï Makine — *Le testament français.*
2935. N. Scott Momaday — *Le chemin de la montagne de pluie.*
2936. Maurice Rheims — *Les forêts d'argent.*
2937. Philip Roth — *Opération Shylock.*
2938. Philippe Sollers — *Le Cavalier du Louvre. Vivant Denon.*
2939. Giovanni Verga — *Les Malavoglia.*
2941. Christophe Bourdin — *Le fil.*
2942. Guy de Maupassant — *Yvette.*
2943. Simone de Beauvoir — *L'Amérique.*
2944. Victor Hugo — *Choses vues I.*
2945. Victor Hugo — *Choses vues II.*
2946. Carlos Fuentes — *L'oranger.*
2947. Roger Grenier — *Regardez la neige qui tombe.*
2948. Charles Juliet — *Lambeaux.*
2949. J.M.G. Le Clézio — *Voyage à Rodrigues.*
2950. Pierre Magnan — *La Folie Forcalquier.*
2951. Amos Oz — *Toucher l'eau, toucher le vent.*
2952. Jean-Marie Rouart — *Morny, un voluptueux au pouvoir.*
2953. Pierre Salinger — *De mémoire.*
2954. Shi Nai-an — *Au bord de l'eau I.*
2955. Shi Nai-an — *Au bord de l'eau II.*
2956. Marivaux — *La Vie de Marianne.*
2957. Kent Anderson — *Sympathy for the Devil.*
2958. André Malraux — *Espoir – Sierra de Teruel.*
2959. Christian Bobin — *La folle allure.*
2960. Nicolas Bréhal — *Le parfait amour.*

2961.	Serge Brussolo	*Hurlemort.*
2962.	Hervé Guibert	*La piqûre d'amour* et autres textes.
2963.	Ernest Hemingway	*Le chaud et le froid.*
2964.	James Joyce	*Finnegans Wake.*
2965.	Gilbert Sinoué	*Le Livre de saphir.*
2966.	Junichirô Tanizaki	*Quatre sœurs.*
2967.	Jeroen Brouwers	*Rouge décanté.*
2968.	Forrest Carter	*Pleure, Géronimo.*
2971.	Didier Daeninckx	*Métropolice.*
2972.	Franz-Olivier Giesbert	*Le vieil homme et la mort.*
2973.	Jean-Marie Laclavetine	*Demain la veille.*
2974.	J.M.G. Le Clézio	*La quarantaine.*
2975.	Régine Pernoud	*Jeanne d'Arc.*
2976.	Pascal Quignard	*Petits traités I.*
2977.	Pascal Quignard	*Petits traités II.*
2978.	Geneviève Brisac	*Les filles.*
2979.	Stendhal	*Promenades dans Rome.*
2980.	Virgile	*Bucoliques. Géorgiques.*
2981.	Milan Kundera	*La lenteur.*
2982.	Odon Vallet	*L'affaire Oscar Wilde.*
2983.	Marguerite Yourcenar	*Lettres à ses amis et quelques autres.*
2984.	Vassili Axionov	*Une saga moscovite I.*
2985.	Vassili Axionov	*Une saga moscovite II.*
2986.	Jean-Philippe Arrou-Vignod	*Le conseil d'indiscipline.*
2987.	Julian Barnes	*Metroland.*
2988.	Daniel Boulanger	*Caporal supérieur.*
2989.	Pierre Bourgeade	*Éros mécanique.*
2990.	Louis Calaferte	*Satori.*
2991.	Michel Del Castillo	*Mon frère L'Idiot.*
2992.	Jonathan Coe	*Testament à l'anglaise.*
2993.	Marguerite Duras	*Des journées entières dans les arbres.*
2994.	Nathalie Sarraute	*Ici.*
2995.	Isaac Bashevis Singer	*Meshugah.*
2996.	William Faulkner	*Parabole.*
2997.	André Malraux	*Les noyers de l'Altenburg.*
2998.	Collectif	*Théologiens et mystiques au Moyen-Age.*
2999.	Jean-Jacques Rousseau	*Les Confessions (Livres I à IV).*

3000. Daniel Pennac — *Monsieur Malaussène.*
3001. Louis Aragon — *Le mentir-vrai.*
3002. Boileau-Narcejac — *Schuss.*
3003. LeRoi Jones — *Le peuple du blues.*
3004. Joseph Kessel — *Vent de sable.*
3005. Patrick Modiano — *Du plus loin de l'oubli.*
3006. Daniel Prévost — *Le pont de la Révolte.*
3007. Pascal Quignard — *Rhétorique spéculative.*
3008. Pascal Quignard — *La haine de la musique.*
3009. Laurent de Wilde — *Monk.*
3010. Paul Clément — *Exit.*
3011. Léon Tolstoï — *La Mort d'Ivan Ilitch.*
3012. Pierre Bergounioux — *La mort de Brune.*
3013. Jean-Denis Bredin — *Encore un peu de temps.*
3014. Régis Debray — *Contre Venise.*
3015. Romain Gary — *Charge d'âme.*
3016. Sylvie Germain — *Éclats de sel.*
3017. Jean Lacouture — *Une adolescence du siècle : Jacques Rivière et la* NRF.
3018. Richard Millet — *La gloire des Pythre.*
3019. Raymond Queneau — *Les derniers jours.*
3020. Mario Vargas Llosa — *Lituma dans les Andes.*
3021. Pierre Gascar — *Les femmes.*
3022. Penelope Lively — *La sœur de Cléopâtre.*
3023. Alexandre Dumas — *Le Vicomte de Bragelonne I.*
3024. Alexandre Dumas — *Le Vicomte de Bragelonne II.*
3025. Alexandre Dumas — *Le Vicomte de Bragelonne III.*
3026. Claude Lanzmann — *Shoah.*
3027. Julian Barnes — *Lettres de Londres.*
3028. Thomas Bernhard — *Des arbres à abattre.*
3029. Hervé Jaouen — *L'allumeuse d'étoiles.*
3030. Jean d'Ormesson — *Presque rien sur presque tout.*
3031. Pierre Pelot — *Sous le vent du monde.*
3032. Hugo Pratt — *Corto Maltese.*
3033. Jacques Prévert — *Le crime de Monsieur Lange. Les portes de la nuit*
3034. René Reouven — *Souvenez-vous de Monte-Cristo.*
3035. Mary Shelley — *Le dernier homme.*
3036. Anne Wiazemsky — *Hymnes à l'amour.*
3037. Rabelais — *Quart livre.*
3038. François Bon — *L'enterrement.*

3039. Albert Cohen — *Belle du Seigneur.*
3040. James Crumley — *Le canard siffleur mexicain.*
3041. Philippe Delerm — *Sundborn ou les jours de lumière.*
3042. Shûzaku Endô — *La fille que j'ai abandonnée.*
3043. Albert French — *Billy.*
3044. Virgil Gheorghiu — *Les Immortels d'Agapia.*
3045. Jean Giono — *Manosque-des-Plateaux* suivi de *Poème de l'olive.*
3046. Philippe Labro — *La traversée.*
3047. Bernard Pingaud — *Adieu Kafka ou l'imitation.*
3048. Walter Scott — *Le Cœur du Mid-Lothian.*
3049. Boileau-Narcejac — *Champ clos.*
3050. Serge Brussolo — *La maison de l'aigle.*
3052. Jean-François Deniau — *L'Atlantique est mon désert.*
3053. Mavis Gallant — *Ciel vert, ciel d'eau.*
3054. Mavis Gallant — *Poisson d'avril.*
3056. Peter Handke — *Bienvenue au conseil d'administration.*
3057. Anonyme — *Josefine Mutzenbacher : Histoire d'une fille de Vienne racontée par elle-même.*
3059. Jacques Sternberg — *188 contes à régler.*
3060. Gérard de Nerval — *Voyage en Orient.*
3061. René de Ceccatty — *Aimer.*
3062. Joseph Kessel — *Le tour du malheur I : La fontaine Médicis. L'affaire Bernan.*
3063. Joseph Kessel — *Le tour du malheur II : Les lauriers roses. L'homme de plâtre.*
3064. Pierre Assouline — *Hergé.*
3065. Marie Darrieussecq — *Truismes.*
3066. Henri Godard — *Céline scandale.*
3067. Chester Himes — *Mamie Mason.*
3068. Jack-Alain Léger — *L'autre Falstaff.*
3070. Rachid O. — *Plusieurs vies.*
3070. Ludmila Oulitskaïa — *Sonietchka.*
3072. Philip Roth — *Le Théâtre de Sabbath.*
3073. John Steinbeck — *La Coupe d'Or.*
3074. Michel Tournier — *Éléazar ou la Source et le Buisson.*

3075. Marguerite Yourcenar	*Un homme obscur – Une belle matinée.*
3076. Loti	*Mon frère Yves.*
3078. Jerome Charyn	*La belle ténébreuse de Biélorussie.*
3079. Harry Crews	*Body.*
3080. Michel Déon	*Pages grecques.*
3081. René Depestre	*Le mât de cocagne.*
3082. Anita Desai	*Où irons-nous cet été ?*
3083. Jean-Paul Kauffmann	*La chambre noire de Longwood.*
3084. Arto Paasilinna	*Prisonniers du paradis.*
3086. Alain Veinstein	*L'accordeur.*
3087. Jean Maillart	*Le Roman du comte d'Anjou.*
3088. Jorge Amado	*Navigation de cabotage. Notes pour des mémoires que je n'écrirai jamais.*
3089. Alphonse Boudard	*Madame... de Saint-Sulpice.*
3090. Pline	*Histoire naturelle (choix).*
3091. William Faulkner	*Idylle au désert et autres nouvelles.*
3092. Gilles Leroy	*Les maîtres du monde.*
3093. Yukio Mishima	*Pèlerinage aux trois Montagnes.*
3094. Charles Dickens	*Les Grandes Espérances.*
3095. Reiser	*La vie au grand air 3.*
3096. Reiser	*Les oreilles rouges.*
3097. Boris Schreiber	*Un silence d'environ une demi-heure I.*
3098. Boris Schreiber	*Un silence d'environ une demi-heur II.*
3099. Aragon	*La semaine sainte.*
3100 Michel Mohrt	*La guerre civile.*
3101. Anonyme	*Don Juan (scénario de Jacques Weber).*
3102. Maupassant	*Clair de lune et autres nouvelles.*
3103. Ferdinando Camon	*Jamais vu soleil ni lune.*
3104. Laurence Cossé	*Le coin du voile.*
3105. Michel del Castillo	*Le sortilège espagnol.*
3106. Michel Déon	*La cour des grands.*
3107. Régine Detambel	*La verrière.*

Composition Nord Compo.
Impression Société Nouvelle Firmin-Didot.
le 15 septembre 1998.
Dépôt légal : septembre 1998.
Numéro d'imprimeur : 44105.

ISBN 2-07-040556-7/Imprimé en France.

86565